網路小
Novel@N
18

天空很近的城市

貓咪詩人 著

當你非常想念某個人時，儘管對方不在身邊，但只要一想起，那個人就在心裡

我一直以為，我已經很習慣獨自一個人了。
可是，在我無助迷惘時，看見那總是陪伴著我的身影，
我才知道，原來我是這麼害怕孤單。

．作者序．

還記得，最初描繪的那個夢想嗎？

說眞的，開啓合約的電子檔範本時，心裡忍不住那股小小的激動。眞是久違了。這個故事是好幾年前的構思，在寫完第二部小說《在那天空的彼端》，突發奇想地想要爲紫萸寫故事，想爲這個總是活在別人故事裡的超級配角寫個屬於她的愛情。於是，取用同樣人物，《天空很近的城市》有了開始。

相較於其他的故事女主角，紫萸是非常平庸的那種女生，安靜，慢熟，也算不上漂亮，這樣的條件大概最符合路人甲的身分，可能，她還擁有一張普通的大眾臉，平凡得讓人幾乎記不住她的存在。然而，我卻要紫萸就是這個樣子。畢竟現實生活中，不是每個人都長得好看、討人喜歡。

想要以這樣爲出發點的核心人物，發展出一段平凡的愛情故事，淡淡的、恬靜的、幸福的。希望，正閱讀的你們，也能和紫萸一樣，悄悄地被溫柔治癒了。

好久沒有寫序，明明是千言萬語的，到了這刻，腦筋卻一片空白，乾淨得可以啊！

（嘆氣仰望天空……）

其實，是很害羞地要說，感謝某個晚上突然來電的編輯，如果不是她的鼓勵，我想現在貓咪詩人可能還在過著消極快樂的日子，每天固定行程就是八點檔加零食加Facebook加嗜睡。也是因爲編輯的期許，貓咪詩人才遲鈍地想起被遺落很久的寫作，因爲，被相信我是可以重新寫作的，所以，我眞的重新開始，寫作。

這之中，害怕會半途而廢，所以一直默默低調進行，然而，明明是最初描繪的夢想，所以，無論如何，一定不要再輕言放棄了，大概是抱持著這樣的心態，這段寫作過程輕鬆愉快，直到修稿階段前，都沒有出現以往揪頭髮發愁的窘樣。

因爲，寫作是貓咪詩人的最愛。

最後，想問問看到這裡的你們，還記得，最初描繪的那個夢想嗎？

貓咪詩人　台中東勢

—第一話— 天空很近的城市

01

實習的第四十六天，當我幾乎相信世界沒有天使的存在時，他卻如此奇蹟般地出現。

所以，那樣單純眞摯的笑容，我不會忘記的。

※

「這是阿桃婆婆。」

進入ＩＣＵ（加護病房），首次跟著綾學姊做病情評估那天，記得病人是個剛參加完孫子婚宴的老太太，平常身體還算硬朗，在那之後，卻沒有預警地突然病發。緊急被推入手術室，接著就是修補破裂主動脈瘤的大手術。

結束簡單的說明，綾學姊才要按部就班地開始進行整套測試。當細看阿桃婆婆輕微發黑的面容，與前額沁出的汗水，她靜默思量幾秒，像是知道情況不妙。

同組另一位較爲資深的學姊經過病床，精明銳利的視線直接鎖定阿桃婆婆的胸膛，檢視她的呼吸起伏，「病人的胸膛兩邊不對稱，血氧停頓不正常。」

「嗯，」綾學姊附和道，「而且，她的呼吸急促。」

與資深學姊目光重疊凝視，片刻，綾學姊機伶地叫人送來一袋冰塊，抽出動脈血液樣本放在冰塊袋上，檢測病人血液中的氣體。

「應該是氣胸。」

頓時，這樣危急的情況下，已經沒有人記得還要爲我這個新來的實習生講解，但我曉得病人的肺臟可能因此塌陷。

綾學姊轉身，迅速繞過我，打開呼吸器，企圖灌進純氧。病人的血氧飽和度持續降低，我則下意識地退後，深怕妨礙緊急處理，更怕融入這樣死亡氣息濃重的環境中。

「那邊那個，去拿氧氣袋給我！」還沒意識過來資深學姊是在喚我，綾學姊已經搶先摘下牆邊懸掛的氧氣袋，趕忙爲病人加壓換氣。

資深學姊俐落地解開頸項的聽診器，放在病人胸腔，先給病人的肺吸氣，再伏上去聽肺音，然後，抬眼，一臉凝重。

「裡面還是沒有空氣流動。」

綾學姊隨即對外喊道，「我這邊需要協助！」

由於所有的動作幾乎發生於頃刻間，我還愣愣地站在原地，不知該要怎麼反應。資深學姊見我沒法幫上忙，甚至連遞儀器，或是請求醫師與呼吸治療師這種簡單的事情都沒能做到，她只能把我推到病床角落——最不礙事的位子。

「這就是真實的示範教學。」

直至緊急處理暫緩，資深學姊來到我身邊，用不帶絲毫情緒的語氣說：「很諷刺吧，在學校學了那麼多年的知識，而死神真正靠近的時刻，卻一條理論都背不出來，更遑論要去搶救了。」

我沒敢看她的表情，咬著唇，眼淚不爭氣地悄然滑落。

綾學姊跟在後頭，知道我嚇壞了，便也沒再指責或是義正詞嚴地教導，「有種美麗的說法，說我們護士是天使，但是，時間久了，就會知道……」

有時候，連醫生都拿死亡沒轍，何況我們只是小小的護理人員而已，不是嗎？

綾學姊將面紙塞進我的掌心，「擦乾眼淚，學姊可沒有欺負妳喔！」

整天的實習結束後，她要我把所有五味雜陳的感受都留在醫院，別帶回宿舍，她說，這樣會好過些。

淚乾了，我則感謝地報以微笑，一邊在心裡問自己，眞能夠如學姊所說，這麼明確地切割情緒嗎？

那頑強盤踞心底深層的絕望孤單，怎麼樣也揮之不去的夢靨在在圍繞著我，不肯善罷甘休。每年，只要每年的這個時候，當夜晚吹起第一道微涼風絮，我就會自然而然想起，壓在瓦礫堆下已經沒有溫度的手，我還緊緊握著……

離開醫療大樓，已經傍晚時分，街道才剛亮起的路燈，像星星一樣讓人眼花撩亂。一下子，我突然有種想不起自己身在何處的錯覺。這裡是哪裡？我在做什麼？突然間這樣困惑起來。

直到習習晚風拂過我的身體和頭髮，空氣裡透著寒意，刺著我的皮膚與臉龐，整天實習的疲憊，沒來由地全部湧上心頭。眼睛因爲剛哭過的關係，覺得特別乾澀，喉嚨也是，好像再也吐不出一個字似的。

宿舍附近有間便利商店，招牌燈也才亮起不久。我沒有思考，就這樣走了進去，因爲太習慣了「叮咚」一聲的鈴響，以及收銀台前工讀生制式的招呼語，我淡漠地直接走到飲料櫃前，探頭，找尋想要的飲料。

「大吉嶺紅茶、日式無糖綠茶、玫瑰……」

像平常一樣，從左邊的飲料品名數過來，明明該是第三排，我最常取下飲料的位子，今天卻空空如也。我因此愣住，伸出的手指還懸空著，不知所措。

低垂著眼，自言自語起來，「沒有了嗎？」

飲料櫃後方傳來不尋常的動靜，有人站在那裡遞補缺貨的飲料，從角落的汽水啤酒類開始擺放，喂，我想要那個粉紅色瓶身的飲料……

然而，膽怯的我根本不可能主動說出口。頹然放棄，轉身走出便利商店，累積的無奈似乎又增添了些，雪上加霜似地快要將我淹沒凍結。

到底是爲了什麼呢，我要在這裡，這麼掙扎著、努力著。

即使再怎麼努力，他都看不見了，不是嗎？

邵強已經不在了，已經死了，被倒塌的房子壓住的時候就沒有生命跡象了，儘管身邊的人都這麼說，我卻還是……

仰望暮色，慘淡的星星看起來遙不可及，我卻還是那麼相信，相信他就在那裡，住在那個天空很近的城市，還像他平常那樣嘻嘻哈哈地鬧著，永遠長不大的性格，一點都沒有變。

而我的淚水，靜靜流淌。

如果讓人知道我因爲買不到想要的飲料而哭泣，不被笑話才怪。

背後，又「叮咚」了一聲，自動門乍然開啓。

身穿便利商店制服的男生叫住了我。我轉身，並不是剛剛收銀台的那個工讀生。我抬眼，頗爲奇怪地看著眼前這個叫住我的人。

「剛剛……」

看來，是藏身飲料櫃後面補貨的男生暫時擱下了手邊工作，從裡面追出來，手上拿的，正是我買不到的飲料，單純真摯的笑容很好看，「妳在等這個吧？」

「呃。」我愣了愣，已經買飲料買到店員都認識我了嗎？

執著還眞是種壞習慣。

於是，我默默地跟在那個男生背後，再次進入了便利商店結帳。

「實習剛結束嗎？」男生指指我制服上的識別證。

我還陷在方才的窘困裡，尷尬得無法立即反應。「對……」

「那麼，加油喔，白衣天使！」

「白衣天使？」

「對啊，未來的白衣天使。」那男生就這樣理所當然地點點頭，擺出很熱血的姿態，「這世界還有很多人等著被妳拯救呢！」

我忍不住噗哧地笑了出來，這個人……

好奇怪喲！

看見我的笑容，他才收回了那麼無厘頭的誇張動作，有些不好意思地說了，「啊，妳終於笑了！」

所以，他剛剛那樣的舉動是在鼓勵我嗎？

說我是未來的白衣天使啊。

嗨，邵強，知道嗎？

如果我真是天使，只稍轉身就能飛翔，那麼，多想要去到據說天空很近的城市，見你。

02

回到租屋處的時候，很晚了。

房內一片漆黑，喻琦預告了今天要晚歸的，聽她說不知道從哪個聯誼場合上又認識新的男生朋友，要去瘋狂夜唱的樣子。如果發展順利的話，這算是第幾順位的男朋友？

連喻琦自己都算不清楚了吧。

摘掉識別證，慵懶地光著腳步入浴室。我在明亮的化妝鏡前駐足，直到映見自己看來氣色糟糕的臉龐，才驗證剛剛特別送上飲料的那男生有多貼心。

「妳啊，是要把自己糟蹋到什麼地步才甘願？青春就是要用來揮霍的啊！」

喻琦總是這麼對我說。

她是我在護專的同班同學，有著混血兒般的深邃輪廓與高䠷的姣好身材，個性相當熱情外放，喜歡參加各種聯誼和課外活動。在那樣的場合上，喻琦總是最迷人耀眼的那個。

「拜託，生活過得這麼無趣乏味，老是當個乖學生，都不累嗎？」

即便是愛玩成性，喻琦總有辦法低空飛過各科考試測驗，直到現在在醫院實習了，都還能抽出時間夜唱。每次卸妝的時候，她卸下像是熱帶魚魚鰭的假睫毛與濃艷妝容，都還會這麼千篇一律地叨絮，要我別再死讀書，人生苦短，該把握當下好好享樂才是！

坐在書桌前，「專業問題討論」這門報告還沒有做完，最後一年實習，常常覺得好累，總是力不從心的。我其實眞的沒有要糟蹋自己或虛度青春，縱然知道自己這個模樣，與班上活潑愛玩的同學們有些格格不入，可我只不過，還想擁有最後一點任性的權利。

只不過，想要卻強你知道，

當年僅能傻傻握住你沒有脈動的手的我，至今，已經很努力地在學習……

最初說要念護專，只是因爲漫無目標，而現在，我眞的全心全意，要將自己奉獻給醫護工作。雖然是很傻的理念，這些年來，卻是我的唯一動力。

我想要成爲有能力照顧他人的人，而不再是當年那個束手無策的自己。

這也是爲什麼，後來我放棄了原本最喜歡的畫畫。被壓在護理課本底下的老舊畫冊裡面，那頁描繪老家集集的風景寫生，遲遲沒有完成，至今也僅能在偶爾想起之餘嘆息。

每每，只稍觸碰鉛筆繪製的樹叢與落葉，輕閉雙眼，思緒逐漸沉澱，下一秒，彷彿風來了，就要回到那個夏天。

那個，邵強還在的夏天。

鐘聲響起，靜謐的校園像被喚醒般躍動起來。籃球場上，男同學們正揮汗廝殺，誰也不肯讓誰。樹蔭下，女同學三三兩兩地聚在微風徐徐的小涼亭內談心，教室裡，同學們的打鬧聲響，更是此起彼落地吵著笑著。

「林紫萸！」我一個人趴在走廊欄杆上發呆，邵強從背後突然冒出來。

他最喜歡這樣嚇人了。我被捉弄過幾次，有時候，眞的很想對他擺出生氣的表情。只是，當望見那麼孩子氣的燦爛笑容，我就幾乎投降。

「在發什麼呆啊？該不會是……偷偷在想我吧？」

「哪有……」

「問妳喔，我剛剛去了福利社，妳說，君簡會喜歡蘋果牛奶呢，還是巧克力的？」

總是這樣，儘管他老繞在身邊嘻嘻笑笑地逗我開心，但是，提起的永遠都是同個女孩的名字，而那名字總不會是我。

我刻意頓住，邵強便像掉入我設下的小圈套，開始耐不住性子，雙手合十，好愼重虔誠地央求，要我務必告訴他君簡的喜好。

從來都沒有機會說出口，他那個樣子，我好喜歡。

「嗯，」偷笑地抿起嘴唇，不能讓他看見。我故作思考狀。半晌，「是巧克力牛奶。」

「那，這個請妳喝！」

邵強得到解答，開心地將早就買好的蘋果牛奶塞到我的手心，也不管我要不要，轉身，獻寶似地改繞在君簡身邊。起先，他不知道該說些什麼地搔搔後腦杓，接著靦腆而幸福地笑了。

那之後，我常常收到蘋果牛奶。常常看著他們兩個歡愉地說著好笑的事情，看邵強爲君簡抽開吸管的塑膠套……

然而，我從來沒有機會可以說出，雖然知道邵強並不在乎，但，我其實和君簡一樣，都是喜歡巧克力牛奶的。

最近，總想起他。

是很久很久以前的事了。

國中時期，我意識到自己對於邵強並不只是單純的朋友情誼時，他也已經無法自拔地喜歡上我最要好的朋友。當他急於追問她的嗜好和喜歡的顏色，我照實道出，他就好開心地稱讚我是全天下最善良的女孩，說要報答我，請我喝飲料或是吃冰。面對那樣的他，我誠惶誠恐地笑了。

在那個荒唐又青春的故事裡，自己並不是主角，所以，只能選擇安靜微笑，默默守望著他，與她。

邵強喜歡君簡，我眞的很爲她開心，因爲，君簡是我最要好的朋友啊。

思緒就要沉回過去，驀地，玄關傳來細細碎碎的節奏，那是高跟鞋敲撞地板發出的腳步聲，喻琦回來了。

果然，步出房間便望見她晃晃手中的消夜，示意我過去。

「可惡，明明知道我怕胖，還買這個硬要我帶回來吃。要是我變得像豬一樣肥，看他還會不會這麼迷戀我！」

那是喻琦的男友丁先生送她的愛心甜點，喻琦向來注重身材的，所以要送給我吃。

每次都是如此，我很習慣地轉身，沏茶邊配點心吃，順便爲喻琦也斟一杯茶解解疲憊。她說今天夜唱過後又去哪裡浪漫約會了，我則微笑傾聽。

「喔，每次都這樣，都是我在說，林紫莧妳也太安靜了吧……」

我沒有所謂地搖搖頭，或許就是因為太安靜吧，於是常常讓人忽略了。

其實，從前的我並不寡言的，只是，在國三那年的九二一大地震過後，最要好的朋友君簡隨著親戚移居加拿大，投緣的朋友少了，即使後來就讀護專，班上都是女生，也沒有幾個說話的對象。

就連喻琦，也是在二年級上學期降轉到我們班來，身邊沒個朋友，直到某次分組報告時，才勉強和我湊在一起的。

還記得那時候，她看看我，有些無奈要和我一組的表情。

「看來妳也別無選擇了嘛！」那是喻琦對我說的第一句話。

於是，從那天起，不知道是因為報告的關係，還是因為我們都沒有別的其他朋友了，兩個人就這樣，相約一起上課，也一起晚自習。

我知道班上女生私下排擠喻琦的原因，長相漂亮的女生很容易被貼上標籤，況且，喻琦過於熱情愛出鋒頭的個性，也很容易被誤解。

其實她是個善良的人，和男友約會後總記得帶消夜給我。有不同的聯誼活動，儘管我不打算去，她還是會積極地鼓勵我參加，甚至，在這幾年下來，眼看我一直獨身，她竟然興起了要幫我介紹對象的念頭。

「改天我叫浩聲幫妳介紹個大帥哥。」

喻琦常常要我趕快交個男友，不要再流連在沒有意義的過去，我懂得她意指什麼，但我不知道該怎麼忘卻。

「最近都忙著聯誼，很少和浩聲見面了呢，呼……」

其實，我一直沒有機會見到喻琦口中的浩聲，只是大略知道，很久以前，在她尚未轉到我們學校之前，有一次她惹了麻煩，是他幫忙擺平的。

喻琦是那種很需要愛的女生，她必須同時擁有好幾個男朋友，但是，唯獨浩聲不一樣。

「爲什麼這個浩聲可以讓妳這樣遲遲不放開呢？」後來，我問喻琦。

「不知道耶，」她捧著暖呼呼的馬克杯，認眞思考起來，「我一直認爲他是上天派來救贖我的人，像天使一樣的角色……」

「天使？」

「嗯，天使。」

「妳知道的，我在同性朋友間的人緣並不好，印象中，國中時期就這樣了。」

就這樣，喻琦像掉進記憶的時空漩渦裡，回到陰晦的那段青澀過去，緩緩說起。

「中午吃便當的時候，大家都是跟要好的同學拉椅子聚在一起吃的啊，而我，總是被孤立在自己的座位上。直到有一天，浩聲要去福利社買飲料，經過了我們教室，發現我的窘境，才天天跑來陪我吃便當的。

「那時候，班上同學都在瞎起鬨，認為浩聲在追我，他卻只是瀟灑地聳聳肩，表明他沒有那個意思之後，再也沒有多解釋什麼，不管那些流言蜚語，就算被他喜歡的女生誤會了，也仍然這麼做。」

說到這裡，喻琦恬淡地笑了，她很少有這樣溫暖的表情。瞅著難得嫻靜的她，我不禁逕自在腦海裡想像著，關於這個浩聲。

「雖然只是這樣普通的事情，我卻默默感動了好久。說來也真好笑，因為，在我身邊，根本沒有一個真正的朋友。

「那些靠近我、猛獻殷勤的男生，每個人都只是為了追求我，想要我當他們的女朋友。浩聲不一樣，他是真心的關懷，是抱著關懷一個學妹、一個朋友那樣單純的心情。」

語畢，喻琦不再開口，良久、良久。

她只是握著剩下一點溫度的馬克杯，靜靜地，暫時發起呆。

我想，或許浩聲並不只是填補那短短午餐時間的空虛，而是如同此刻她手中那杯子上的煦煦暖度，在每個需要溫暖的時刻，悄悄被想起。

天使啊……

沒有來由地，我想起的是傍晚便利商店遞飲料給我的那個男生。雖然就讀護理科系的我們總被稱爲白衣天使，然而，那樣的笑容、那樣無私的舉動，爲我這個沮喪的陌生人帶來溫暖，我想，他一定比我更適合詮釋天使這純眞的化身。

03

阿桃婆婆死了。

當我尚在努力適應加護病房實習的第一個星期當中病逝的。

綾學姊轉告我們這些實習護士時，我很沒用地暗自慶幸那是實習之外的時間，至少不必親眼目睹一樁死亡，暫時毋須面對那種龐然恐懼與落寞。

只是，資深學姊冷冰冰地說了，「眞可惜，少了一個活生生的教材。」

我因此不寒而慄。

加護病房的實習工作，不會因爲一位病人的逝去變得輕鬆，突如其來的警示鈴作響，或是呼吸器的沉重鳴聲，那都有可能是誰的致命預告。對於如此的環境，每天每天充滿雜亂無章的事件，不安慌張的情緒，隨時都要爆發似地滿溢胸口……

這天，跟著綾學姊做完各種檢查作業，並在病歷上做註記。讀完看護紀錄，離開醫院的時間特別晚了，早就錯過簡餐店的營業時間，最後還是沒轍地繞回宿舍附近的便利商店。

還好，「全家就是你家」。

當初，這句貼近生活的廣告詞，不知道打動多少離家在外的人，不知不覺對便利商店變得依賴，而我也是其中之一。

在想著該買微波便當還是御飯糰當晚餐，遠遠地，巷口轉角像有什麼般，早就設好埋伏，我卻遲鈍地沒有察覺。走近，被那忽然衝出的龐然大物逮住，只稍與我對望幾秒，牠靈敏的天性就輕易嗅出我身上渾然的畏懼。

我超怕狗的，何況還是長得很像野狼的哈士奇！

「別、別過來！」

我緊張得無法動彈，僵在原地。只是，愈聽見我的低聲哀嚎，牠就愈感到可疑地湊近，不停在我身邊環繞，東嗅西嗅。

「嗚，我不是壞人啊。」

不知道這樣的窘境持續了多久，就在我無助得幾乎要哭的時候，一句不算熟悉的關心，終於打破這場心驚膽顫的對峙。

「妳還好吧？」是上次那個便利商店的男生。

當然不好！

而且，非常不好！我說不出來，只能死命搖頭。

這哈士奇倒像遇見熟人一樣，終於放棄對我的圍守攻堅，轉頭沒事般地搖搖尾巴，撲了過去。這瞬間，我的危機才眞正解除，只是……

「腳……」

因爲實習奔波了一整天，加上剛剛維持同樣的姿勢太久，才想移步離開，一下子，腳踝疼得無法支撐身體，重心不穩，險些摔倒。

「小心！」

說時遲那時快，幸虧便利商店那個男生眼明手快，扶了我一把。當那雙有力強壯的手握住我的臂膀，我則因爲這樣的接觸，心靈莫名地爲之輕顫。

從來沒有人與我如此靠近過。

我慌慌張張站好之後，頗不自在地倒退一步。

便利商店男生也察覺到了，尷尬得鬆開手，將手擺在背後，「對不起，對不起，我不是要對妳怎樣的意思，是擔心妳跌倒了……」

看著他這麼手足無措的模樣，我才感到輕鬆些，甚至，不怎麼禮貌地噗哧笑了出來，這個人，眞的好奇怪喔。

不過，不是壞的那種奇怪就是了。

「咦，笑了？」望住我的臉，他困惑的表情像個孩子，「剛剛不是還嚇得臉色發白嗎？」

「現在沒事了。」

陪我走進便利商店，他邊問：「妳很怕狗啊？」

「嗯。」我點點頭。

「這樣啊，」便利商店男生遞了粉紅瓶身的飲料過來，對了，他早知道我習慣喝這個的，「我就很喜歡，恨不得把牠帶回去養，可是住的地方實在太小了。」

夜深時段，便利商店裡的客人並不多，我們就這樣聊起來。

「我不養寵物，如果牠哪天離開或是死掉了，我會很傷心的。」後來，我說。

「雖然是這樣，」他不解地停下手邊工作看我，像是望見了什麼，理解般地頓住，才又開口，「就算會傷心難過，但我相信，只要擁有過美好的回憶，那終會撫平的。」

是這樣嗎？

而我，沒有說話也沒有回答，只是想起什麼似地抬眼凝視。片刻，再度沉入深不見底的回憶，那像是漩渦般捲襲著意識的強烈回憶。

可是，我想不起來卻強對我的好了。

那夜的印象過分深刻，至今，依舊殘忍得那麼鮮明。震碎的磚瓦與黃土滾滾的渾濁氣味，是誰屏著呼吸，怎麼都不願相信，一字一句地喊著要他別死……別死。

這天夜裡，我又哭著醒來。

這麼多年了，還是如此。便利商店那個男生的話，在耳畔揚起，真的只要擁有過美好回憶，就能撫平傷痛嗎？

只是，邵強與我之間，我們……

「如果喜歡的人是紫萸妳就好了，是妳就好了。」

他曾經這麼對我說過。

而那麼心碎疲憊的告白，還能算是美好的回憶嗎？

邵強，你不希望我安慰，所以我一直沒有機會說出來。

只是，世界那麼大，要遇見一個喜歡你，而你也喜歡她的人，真的太難了，不是嗎？

翌日，在陽光飽滿的早晨醒來，昨夜殘留的淚痕還在，除此，什麼都沒有。

什麼都沒有了，我才發現，原來，這樣微不足道的思念，是自己僅能回憶的方式。

多麼可笑，又可悲，是吧？

掀起薄薄窗簾，晨光刺眼地撲進室內，天空藍得透徹，稀疏的雲絮綿延著，伸展到好遠之外的地方。隨即，是一陣有點悲傷的風，試圖要我想起什麼般地撫過乾涸的眼眶。

就這樣凝視良久，時間緩緩消逝，直到喻琦沒有敲門就闖了進來，一臉笑嘻嘻的模樣望著我，才意識到，自己到底在等什麼呢？

根本看不見的，我根本看不見那個據說距離天空很近的城市，怎麼還能存著希望，希望邵強就住在那裡？

想著，徒增感傷而已。

「醒啦？」她沒有發現我的沉靜，或許因爲我一直都是如此吧。倒是喻琦，她很少早起的。所以我問她，「今天怎麼這麼早？」

「因爲，這次只有妳能幫我了！」突然，她扭捏地交出剛才買回來的早餐，討好地要我收下，誠懇得幾乎都要鞠躬請求了，「紫萸，救救我吧！」

無須多說，我早習慣的。她知道，簡單的小東西就能輕易收買我。

我沒輒地笑笑，「這次又要幫忙什麼了呢？」

「唉呀，」看我欣然接受早餐的模樣，喻琦終於如釋重負地切入主題，「還不是爲了要幫浩聲的忙！他答應學弟們，擔任幹部訓練的顧問，明明都是研究生了，還這麼孩子氣地說要參加，湊什麼熱鬧啊，還把我拖下水！」

「是那個浩聲啊……」

「是啊，就是我每次說到的那個浩聲。妳也知道，要是他的話，我就不能推託掉了。只是，要我充當戶外急救課程的小老師耶，我哪行啊，那些課，還不都是紫萸妳罩著我才能低空飛過的！」

喻琦無可奈何地嘟嘴的時候也很美，她隨即轉向我，雙手合十。

「我想來想去，還是紫萸妳最適合不過了。反正，妳本來就是我的小老師嘛，所以，拜託啦！」

其實我也沒有什麼拒絕的理由，只是……

「不說話，就當作妳答應囉！」

「唉，眞拿妳沒辦法，」我故意聳聳肩，包容地笑了。

不知道是不是因爲喻琦眞的長得太美，讓人難以抗拒，我竟然就這樣點頭。

「耶！」她則開心地對我又摟又抱的，「太好了，紫萸，就知道妳最好了！」

也因爲如此，我「正式」認識了他，那個浩聲。

第二話　遇見你的那午後

04

「那麼，路上小心。」

準備出門時，喻琦還沒有起床。儘管如此，聽見我開門的聲響，她還是堅持要送我。頂著惺忪的素顏，比濃妝看來年紀小很多，清純得像個孩子。

「知道了。」我笑笑的。

轉身迎向朝陽鋪滿街道的早晨，突然有種今天會是好天氣的預感。

因爲受到喻琦慎重地委託，再加上「那個浩聲」的關係，於是怎麼也不能漏氣了。

搭上公車，我在前往東勢林場的漫長途中，反覆將上課的急救內容課程念過幾次，直到城市矗立高聳的建築物逐漸變得矮小，漸漸地，撞入視線的是層層疊疊的森林，不知道蜿蜒繞過幾個山頭，打開車窗，迎著風吹，幾乎就要在充滿芬多精的舒服氣息裡睡去。

放鬆地依靠公車老舊的椅墊，我不禁輕閉雙眼，瞬間，再聽不見窗外不停擦過的蟲鳴，安靜得像是沉入另一個世界似的。

也不是全然睡著的，我的嘴邊還唸著，「今天主要的上課內容，是有關戶外急救與傷口包紮……」

我從來就不是能言善道的人，對於要站在眾人面前說話的差事，多半是敬而遠之。小憩過後，公車到站，我獨自來到喻琦交代的幹部訓練會合地點，還是顯得茫然。

難道眞的是因爲喻琦央求的樣子太美，我才難以拒絕的嗎？

徒步至門口，這天的紫外線並不如出門時候溫和，九月過後的陽光，還是毒辣得可以。我熱得禁不住仰視透藍無雲的天際，手上拿著喻琦轉交給我的識別證。她說，只要我站在原地不動，就會有人來帶我。

「是我早到了嗎？」因爲沒有約定明確的時間點，等了一會兒，我更加茫然了。

或許，他們忘記了吧。

因爲太習慣被遺忘，於是，我只能這麼想。放棄等候，想要自己走進園區，再試著打電話聯繫。

才這麼打算，有個聲音頗尷尬地從我後側冒出來，「是……白衣天使小護士嗎？」

是個長相親切的男生，頭髮剪得短短的，還硬要抓個刺蝟頭的造型，讓人不得不留下了深刻的第一印象。我想，他應該是參加幹部訓練的人，當我正抬眼專注的時候，他對我笑了，很舒服的那種笑容。

「請問，你就是那個『浩聲』？」

「什麼？」

稍後，我才知道，這個前來招領我的親和男生叫小良。

小良帶我前往營區，一路上，遇到不少身穿相同團服的學員，小良友善地沿途為大家介紹我。這之中，沒有一個人是「那個浩聲」，我因而漫不經心起來。

至於，為什麼會這麼想要見到那個浩聲呢？

我也沒個答案。

「就是她，很清新脫俗吧？」又一個不是「那個浩聲」的男生經過，小良還是興致高昂地拉著我，逢人就預告，「這位就是下午要幫我們上課的白衣天使小護士喔！」

說得我都不知所措了。面對小良的超級無敵熱情，我想到的是那個便利商店男生，他也是那樣稱呼我。

只是，我真的是天使嗎？我們，能有什麼樣的資格被稱作天使？

就因為每天表現出撫慰病人的溫柔微笑，在生老病死裡穿梭？或者僅僅因為制服是無瑕的純潔白色？

「那個，」我有點好笑又帶著幾分認真的語氣打斷他，「請別再那樣介紹我了，很不好意思的……」

「會嗎？」小良漲紅了臉，不知所以然地搔搔他那顆刺蝟頭，還自言自語地問了我幾次。

這下，我好像讓他難堪了。

他頓時安靜下來，領著我往前走的步伐變得慌亂。陽光曬得他滿頭大汗，就在離營區不遠處，突然間，小良戲劇性地失去重心般，「砰」地一聲倒下。

「怎麼啦？」

應該是中暑了，我上前，檢視過後，做了這樣的判斷。

「有人昏倒了！」

或許受過專業訓練真的有差，對於這樣的突發狀況，我還能面不改色地鎮定應對，反觀其他目睹的人卻不這麼一回事，兩個年輕男生甚至超級誇張呼天搶地，要小良別死。

聚集的人愈來愈多，不少是營隊裡認識小良的學員，個個慌張得不知道怎麼辦才好。

「請讓讓，盡量保持空氣流通，別都擠在這邊。」

大家對我的引導充耳不聞，我只好自行拖著小良挪向樹蔭底下，「還有，他只是熱昏過去而已，不會死的！」

雖然實習期間也有幫忙搬移行動不便的病人的經驗，但，這還是第一次自己獨力拖著這樣一個昏過去的大男生。

小良好重，就在我使不上力氣，幾乎要鬆手的同時，吃緊的重量一下子輕了許多。轉眼，只見有雙臂膀抬住了小良的下半身。我看不見那人的臉，他時而隱沒在慌忙流動的人群裡。

沒想太多，我接著回過頭來，解開小良身上多餘的束縛物。

「有沒有人可以幫我弄條濕……」

毛巾。

話還沒說完，掌心已經感到一陣沁涼，是剛剛那個幫忙協助的人遞來的。我一時沒有反應過來，接收了濕毛巾，卻不慎弄掉喻琦交給我的識別證。

「紫萸？」他拾起，似曾相識的和煦聲音輕輕喚著。

就算會傷心難過，但我相信，只要擁有過美好的回憶，那終會撫平的。

搜尋著記憶裡，是誰曾經那麼溫柔地說過。我微愣地緩慢抬頭，先是瞧見了那張胸前佩掛的識別證，然後，望住這張熟悉臉龐，久違了似地唸出上面的名字。

「陳浩聲。」

「原來你就是『那個浩聲』啊！」本該這麼脫口說出的開場白，然而，在浩聲面前，我終究沒有那樣說出來。

那之後，在我的看護下，昏厥過去的小良不久後便甦醒，他好激動地握住我的手連連道謝，謝我的救命之恩，幾乎都要以身相許地感激涕零……

爲了預防相同情形重演，原定午後的課程延至傍晚，直到灼熱的陽光退燒，我們才在濃密樹蔭下展開戶外急救課程與繃帶包紮。

擔任客座小老師的我，和身爲幹訓顧問的浩聲一直沒有交集，偶爾，會看見他穿梭在學員當中，關切每個人的學習狀況。有時候，也會興起地坐下來，按照我的教學步驟，跟著練習包紮。

「幹部訓練啊，通常都是安排口條訓練、試膽，要不然就是熱舞、帶動唱的課程。可是，身爲顧問，浩聲卻特別規畫了戶外急救課程。他說，與其將時間花在那種扭腰擺臀的功夫上，不如多學學傷口包紮啊、急救護理等等的知識，說不定有一天能夠幫助需要照顧的人。」

當我凝望那個認眞的側臉表情，突然想起喻琦隨口提起的話題。

「呵，男生學這些好像有點像娘娘腔喔？」那時，她笑笑地逕自做了個結論。

浩聲還在練習八字形包紮法，一開始並不是非常順利，試過幾次，終於捉到了訣竅，包紮好之後不再鬆脫。完成了，才孩子氣地露出圓滿的笑容，好不得意地向身邊學員展示自己的傑作。

這方靜默守望的我，看著他，即使相隔不算近的距離，好像都能感受到那樣晴朗的心情，跟著笑了。

怎麼說呢？

我不覺得那樣很娘娘腔喔。

回想起與浩聲認識的開始與經過，我是這麼認爲的，浩聲，有種照顧人的天分。

「紫萸紫萸，妳看，我的成果如何？」思緒被過分熱情的呼喚截斷，回過神來，有個興沖沖的身影闖進我的視線。

倒是這個小良，三不五時就會在我面前露個臉，唯恐我沒有瞧見他似的。我拿他纏得亂七八糟的包紮沒轍，眞不知道他是存心搞笑還是認眞的。

或許，就是用功過了頭，好一會兒，小良始終沒能解開糾結成一團的繃帶，最後，學員們乾脆要我視而不見地先進行下一段教學，別管這個作繭自縛的倒楣鬼。

我回望還在企圖鬆綁的小良，一副被遺棄的哀怨模樣，怪可憐的。

眞的不用等他嗎？

「接下來，要示範的是十字固定包紮法，」

才那麼想，轉身，我還是拿出了早就準備好的繃帶，向學員們開始介紹起下一個包紮法，其實也沒有眞正打算要等他的意思。

「有沒有人願意當我的……」

話還沒有說完，倏地，一個奮力衝上前的身影，已經「咚」地橫躺在我面前，動也不動地盡責扮演傷患。

我才感動地心想，不知道是誰主動要自告奮勇示範，定眼，發現竟然又是小良！即便被繃帶纏住手肘身體，他還是絲毫不受影響地捷足先登。學員們被這樣神龍見首不見尾的瞬間移動唬住，不禁連連驚嘆。

半晌，我才頗尷尬地開口，「呃，小良，其實，示範這個不需要躺下。」

「不是要包成像木乃伊那樣嗎？我現在應該有幾分像了說！」

我落得窘困，因爲不懂這個笑點，所以只能無助地看著早就笑翻的小良與學員們。在這些人群裡，忽地，眼底映見那個明亮的笑容。

是浩聲，如同那個時候鼓勵著要我加油努力，說往後還有好多人等著被我拯救的開朗樣子，莫名好看。

「學長，你的笑話很冷耶，凍得人家小護士僵掉了啦！」

頓時，眾學員們不約而同地將焦點投注在我身上。在這之中，包括浩聲應聲移轉的目光，撞上我的。

那雙溫柔的眼睛對著我笑，瞇起的眸子，像宇宙間不知名的小行星般爍亮。我望得出神，直到小良再度嚷嚷，自己才像個做錯事的孩子，心虛地先瞥開視線了。

「哪有，明明就很好笑啊！」

小良故作無辜地看看身邊的我，見我還無法反應過來的遲鈍表情，誤以爲我眞的被他的冷笑話凍僵。

「哇，幫妳解凍解凍！」

他誇張地伸出雙手，在我臂膀上來回摩擦生熱，作勢要幫我取暖，馬上又遭到底下學員們的抗議，「學長，好猥褻喔！」

「……」我無言了。

「我們也要幫小護士取暖！」

都怪「小護士」這個字眼給人遐想太多，眼見學員們就要失控地蜂擁而上，促狹地說著「好想小護士幫我打針」、「想要小護士幫我治療」之類奇怪的話。

我被擠得踉蹌而退，圍困在這群瘋狂的男生當中，幾乎無力招架。頓時，有道身影驀地擋在我面前，使勁把我往他背後塞，一下子，像是身處兩個世界似地被隔絕開來。

我對這樣出乎意料的舉動感到納悶，還愣著，呆呆望住那個寬闊肩膀，片刻，意識到這個用意是種保護。抬眼，才發現這次搶先的，竟然不是神龍見首不見尾的小良，而是浩聲。

「不好意思喔，我們工科的男生就是這樣，太熱情就會變得很野獸……」

一面出聲制止學員們收斂，一面對我解釋著，怕我受驚嚇的樣子，連抱歉的語氣都轉而輕柔。

「他們，不，是我們，我們沒有惡意的。」

看浩聲緊張得手足無措的樣子，我忍不住，噗地笑了出來。

「笑了？」這下，換他一臉迷惘了。

晚間，拗不過「太熱情就會變得很野獸」的學員們邀約，晚餐的戶外野炊我被挽留了下來。小良奉上堆滿烤肉的餐盤要我接收，只要有剛烤好的玉米或是串燒，就會直接放進我的碗裡，也不管我到底吃不吃得下。

其實我並不擅於這樣的交際，一直以來，我都是安安靜靜坐在角落的那種女生。

後來，不知道是誰提起的，誇張地說道，要是紫萸妳來我們系上的話，鐵定穩坐女王寶座的。

「女王寶座？」

我首先想到的是喻琦，那樣的位子，應該是要留給漂亮女生的吧。

而我……

「對啊，女王寶座。」只見小良點頭如搗蒜，還不忘詳盡解說，「就是後面有人幫妳用芭蕉葉搧風，旁邊還有兩個小男僕會餵妳吃葡萄的那種。」

而我，只是不好意思地搖搖頭，因爲知道那樣的位子並不屬於我，所以，禮貌性地扯了個微笑，也不知道該說些什麼。

稍後，晚會表演隨著熊熊燃起的營火進入精彩高潮。爲了競賽，各個小隊都展現出最好的表演，就連浩聲，也被學弟們拱著要他露個兩手。

「我這個老人哪有什麼可以露兩手啦！」他站在火堆旁，不斷燃起的火光映在浩聲頗無奈的臉上，樣子有著說不出的可愛。

「露兩手、露兩手！」學弟們仍不肯罷休地喊著，叫聲此起彼落，反應熱烈。

才想著不知浩聲該怎麼脫身，他倒是靈機一動，先聳聳肩，像是服了大眾一樣，瀟灑大方地應和了學弟們的要求，先伸出雙手，在空中抖了兩下。

「噓——」頓時，噓聲四起。

才不管被噓，浩聲沒所謂地搖頭攤手，露出戲謔般的頑皮微笑。

突然間，我想到喻琦曾經提過，高中時期，浩聲為了天天陪喻琦吃午餐，而被大家誤會時，他也是如此泰然自若的坦蕩吧。

我這才笑了，已經不再擔心浩聲身陷的窘況，暗自在心裡為他加油。

浩聲果然沒讓我失望，收手，等著看好戲的學弟們也都順勢安靜下來。

霎時，大家都爆笑出來。

浩聲並不是時下熟練熱舞的男生，他卻能丟下所有束縛，化解尷尬，不受控制地大跳亂跳起來。沒人看得懂他在幹麼，只是那麼附和大眾的隨和態度，和超級滑稽的舞步，已經贏得大家的掌聲喝采。

他更加放開了，換了個無厘頭的詭異動作，頻頻嚷著，「我這是在跳 locking 喔，是老人抽筋版！」

大家簡直笑翻了，浩聲見狀，舞步加碼，配合上猙獰表情，「這是 locking，惡靈古堡版！」

這時，不甘寂寞的小良哪能坐視大家都把焦點放在浩聲一個人身上，他直接跳上場，同是肢體極有障礙的樣子，和浩聲已經不知道在跳什麼地胡鬧一場。

這晚，時間流動得特別快。我因為快要趕不上末班公車回台中，必須先行離開，在這之前，小良還自告奮勇要陪我走到園區門口等車。

只是，氣氛一熱，被眾學員齊聲起鬨，小良便瘋狂起來，應觀眾要求又是地板動作又是搞笑帶動唱的，將群體情緒再度沸騰至最高點。

眼看時間就要來不及了，我沒有繼續等下去的意思，回首望望忘我熱舞的小良，一定是把說要陪我的事拋在腦後了。

因爲太習慣被遺忘，我早就學會不以爲意。和身邊幾個學員簡單揮別，沒再特別告知誰，轉身，背後興奮歡呼的叫囂愈離愈遠。直到彎過蜿蜒的小徑，最後再也聽不見。

我慢下腳步，走在這夜裡起霧的步道，孤伶伶地置身這座瀰漫煙嵐的冷清森林，一下子難以從熱鬧喧嘩的氣氛抽離。突然間，有種世界只剩下自己一個人的錯覺。

明明早就習慣孤寂的，怎麼這一刻，我還會這麼脆弱空虛。

如果，這個時候能夠陪我的，是一個人，是一個活生生有溫度的對象，而不再只是單憑閉眼想像的邵強與過往回憶伴隨……

「紫萸？」

驀地，耳畔傳來不確定的呼喊聲，略爲倉促地由遠而近，溫柔地喚住了我，我終於不用再閉著眼想像。

再度睜開雙眼，我望見從坡道急忙追上的頎長身形，那樣寬闊的肩膀，與被學員們圍困時護著我的背影，竟是說不出的相仿。因爲跑了一段山路的關係，來到我的跟前，還是滿頭大汗、氣喘吁吁的，和剛剛大跳 locking 的滑稽樣子已經不再相同，我卻一點都不覺得那很狼狽。

轉瞬間，心窩滿溢著煦煦溫暖。一抬眼，這個發現我的人也正凝望我，頓時，如同初次見面時那樣單純眞摯地笑了。

到了最後，陪我走到園區門口等車的，不是小良，是浩聲。

我們在深夜無人的候車亭並肩坐著。等車時，他並不刻意聊天，也不像小良那樣拚命搞笑或硬要找話題，只是突然想起似地關切我最近的實習狀況，再沒有別的了。

不說話的時候，浩聲與我像是相識很久般，顯得安適愜意。明明我知道自己是個慢熟的人，明明討厭和別人獨處，害怕尷尬的我卻……

忽然覺得，就算這樣枯等到天亮，也沒關係的。

後來，他說：「謝謝。」

在那同時，我也脫口而出，「謝謝。」

因爲這樣沒有說好的默契，我們相視而笑。

我想，他說謝謝，大概是因爲我答應擔任客座小老師的緣故。

而我的謝謝，則是因爲想起了初次見面時，他那麼陽光熱血的鼓勵，以及今天有幾次我被圍困之際，他的挺身而出。

「為什麼呢？」

好想問他，是不是早在初次見面時，就知道我是喻琦的朋友，才愛屋及烏地表現關切，還是，純粹出於他天性樂於助人的俠義本能？

抑或……

抑或，有沒有一種可能是，不為了什麼、沒有特別原因，只單純因為我呢？

「什麼？」浩聲抬眼看我。

望住這樣像小動物似略帶困惑的眼眸，我搖搖頭。

「沒有。」突然，不想知道答案了。

我想，無論如何，答案不再那麼重要，因為，他已經在我身邊了啊。

當我幾乎要被寂寞綁票，當我那麼需要有人陪伴的時刻，已經在我身邊了。

06

陪綾學姊巡查病房的那天午後，廊道盡頭的玻璃窗驀地吹進蕭瑟的風，掠過我們兩個單薄的裙襬。抬眼，這才察覺，窗外的景物已然秋意甚濃。

幹訓結束後不久，我在加護病房的實習工作即將告一段落，預備要到下個單位報到。這陣子，疲於整理手邊繁雜的護理紀錄與學校的口試和簡報，相較於前些時候參加幹訓，擔任客座小老師的悠閒，簡直像是夢一場似的奇境。

我沒有再遇見浩聲。

曾經在忙得焦頭爛額之際，想要透透氣，於是跑到那間全家，打算買杯自己最喜歡的飲料。但是，站在收銀台前的，都不是那個會用熱血青春的誇張動作為我加油的人了。工讀生一點都不自然的制式招呼聲調，聽起來好不習慣。直到步出便利商店，我都還悵然若失的。是買到了喜歡喝的飲料了，可是怎麼卻還……

這種心境我說不上來，也許，來到這裡，並不是眞的想喝飲料。

在那之後，喻琦主動提過幾次，說學員們相當熱情地要我參加慶功宴。我其實說過沒有參加的意願，直到她搬出浩聲，我才安靜下來。

「去嘛去嘛，浩聲都說好久沒有見到妳了。林紫萸，妳不去，我就沒有藉口可以跟了耶！」

「浩聲說好久沒有見到我了嗎？」我喃喃複誦了一遍。

驀地，我頓時意識到，當初自己那麼反常地答應擔任幹訓小老師，或許不是因爲喻琦哀求時楚楚動人的表情，而是因爲，想要見到喻琦老是掛在嘴邊的「那個浩聲」吧。

「是呀，」像是逮到什麼般，喻琦望住我若有所思的表情，更加賣力遊說，「浩聲經常向我問起妳的近況，還說妳如果不出席慶功宴，他會好失望的！」

於是，當天午後，喻琦沒有敲門。便闖入我的房間，熟練地拿出所有彩妝品與刷具，要我乖乖就範讓她梳化，否則她就要來硬的了。我還怔著沒反應過來，她倒開口，用理所當然的語氣宣告，不能不去，她已經幫我答應出席慶功宴了。

登時，我有種莫名其妙被出賣的感覺……

如此這般，喻琦拖著本來就不擅於交際的我，最後準時現身在約定地點。那些「太熱情就會變得很野獸」的工科男生發現我們的身影，立即圍了過來，除了誇讚我被裝扮得誇張的臉龐穿著，更有人按捺不住覬覦喻琦的念頭，紛紛向我打探起來。

「你們不認識嗎？喻琦是浩聲的……」女朋友。

還來不及說完，我被喻琦趕忙制止，我望見她那雙靈動美麗的眼睛朝我猛暗示。我怎麼會不懂呢？所以，當下住口了。

喻琦在這樣的場合，總會宣稱自己單身，沒有男朋友。她說，這樣才能夠維持高漲不退的行情啊。

只是，對於這個最常掛在嘴上的頭號男友也是如此嗎？

如果真是這樣，那麼，浩聲未免也太可憐了。

「浩聲學長的誰？」某個耳朵豎起的男生聽出幾許不尋常，饒富興味地提問。

突然，我任性得悶不吭聲，卻也不知道自己爲了什麼不開心。

喻琦沒有察覺我的沉靜，只在異性面前綻放的嬌豔笑顏是如此魅惑動人，「我是浩聲高中時期的學妹。」

「喔，原來是學妹啊！」男生們已經爲之瘋狂了。

慶功宴上，小酌過後，氣氛轉而歡樂喧鬧。卸下了一陣子未見面的距離感與生疏，大家紛紛拿我起鬨尋開心，見我怔著拙於反應，浩聲便跳出來護著我，幫我說話。

「太不公平了吧，浩聲都有喻琦這樣漂亮的學妹還不滿足，還要搶當紫萸小護士的護花使者啊？」

「對呀！害我都沒有機會在紫萸小護士面前逞英雄！」方才沒能爲我解圍的小良大聲喊冤，接著，頭轉向我。「儘管如此，妳還是知道我的赤誠眞心對不對？自從上次妳救了我之後，我就每天都想著要怎麼報答妳的救命之恩，不如今天我就以身相許……」

「千萬不要啊！」出聲的是浩聲。

我還尷尬得不知所措，浩聲已經一個箭步向前，攆走了小良，才沒有讓他得逞。

簡直像鬧劇一樣，大家笑翻了，就連不知事件始末的喻琦也笑吟吟的，和旁邊鄰座的男生不知道說些什麼，偶爾指指我們這邊，相處頗融洽的樣子。

我覺得奇怪的是，整頓晚餐下來，很少見到喻琦和浩聲有什麼熱絡的互動，頂多只是聊起喻琦本是浩聲高中時代的學妹，但由於種種原因，她並沒有念完高中，反而降轉考上專校，成爲我們班上的轉學生。

喻琦對於那段陰晦的過去不曾多提，她不說，我自然不會七嘴八舌地追問，只是大略知道。那個時候喻琦惹上麻煩，最後是由善良的浩聲幫忙出面擺平的。

或許，就是深知隨著歲月堆疊，人們就會累積愈多過去，儘管有的美好、有的失落、有的喜悅，也有的感傷，但終有部分是埋藏在內心角落不願說出，抑或根本說不出口的那種。之於我，就是怎麼也不能忘記的邵強。所以，明明知道喻琦有段故事，我也沒有多問。

我們守著無須言明的默契，我從不打探她的過去，她也不會細細追究我的哀傷沉靜到底爲何。

直到慶功宴結束，大夥興致未減，嚷嚷著還要續攤。步出門口，喻琦自然而然地被簇擁在男生群中，準備前往下個目的地。我獨自站著，刻意疏遠這個團體，想要就此打住。

小良發現了我，眞誠爛漫的語氣就和初識的那天一樣，「紫莄小護士不一起續攤嗎？喻琦小護士也要去耶！」

「我……」

沒等我們，那群男生和喻琦已經自顧自地走遠了，小良被同伴吆喝著快點跟上，還要不時回頭看看待在原地的我。

「我……還是不去了。」禮貌地扯了個笑，對我而言，今晚這樣的交際場合近乎極限，再也不能負荷，所以，夠了，該結束了。

「那我送妳回去？」小良伸長脖子看一看同伴，又望望我，好難抉擇的樣子。

不讓他爲難，我轉身，打算離開。「不用了，這裡離我住處近，我可以自己回家。」

「啊？」面對我的淡漠拒絕，他更顯得無措了，「可是，怎麼可以讓女生……」

我沒留步，沒讓他挽留，已經加快腳步，走在回程的路上。「拜拜，小良！」

直到彎出巷口，踏離他的視線範圍，這才卸下心防地慢下步伐，獨自遊走在深夜時分的街道。

街上空無一人，世界瞬間放大似地寂寥安靜，不知道哪裡吹起的微寒風絮穿過我的身體髮梢，使這刻落單的靈魂更顯孤寂了。

這次，浩聲不會再憑空出現了吧，他得要陪著喻琦的，畢竟，她是他的「祕密女友」啊。

抹掉過於黏膩的唇蜜，想到這裡，覺得擅自期待的自己有點愚蠢。

好奇怪，一直以爲已經很習慣自己與自己相處了，怎麼還會感到落寞？

沿途排列的紅綠燈一閃一閃地亮著，突然察覺這樣冷清的景象好熟悉，想起某個下過雨的夜晚，就連寂寞的氣息，呼吸起來，也竟是如此相仿。

模糊的記憶逐漸清晰，與眼前街景慢慢重疊。那是國中時候，補習班下課過後與邵強約定一起步行回家的路上。

「林紫萸，今天下課妳走慢一點，等我喔。」

「什麼？」

「嘿嘿，我要先送君簡回家，然後再快步折返回來，和妳一起！」

「不用了，我不用你陪啊！」

「君簡家很近，我回頭快走的話，一定來得及追上妳的！」

「眞的不用……」

「反正妳家和我家就只差一條街，我總得走那條路的吧，不管啦，妳走慢點，我一定來得及追上妳的。」

不等我開口，邵強已經撐起傘陪著君簡走，那樣的背影多麼青春又美麗，男孩小心翼翼地將傘偏向女生，悉心呵護著。

我轉身，背道而行。

那天，我聽話地慢慢走，偶爾，也會回首顧盼，只是，直到家門口，還是沒有等到那個說一定會來得及追上我的男生。

而今，我還是一個人……

一個人。

嗨，邵強，知道嗎？

我像在被回憶圍困的城堡裡，堆著積木般層疊的思念，想你。

像記憶深處的那場夜雨般，細細的雨絲不停落下，浸濕我的肌膚與頭髮，不知不覺回到醫院附近的住處，哈士奇從暗巷裡衝出來。停下牠的漫遊，對著我，好奇地相望。

我怕得禁不住驚叫，街角便利商店裡的店員正在認眞整理架上的零食區商品，根本沒發現這邊我的無助，我頓時不知道該怎麼辦才好……

如同上次的對峙，牠狐疑盯著我，而我被打量得動彈不得。在這樣雨下不停的冷清街頭，無助感一下子像被開啓似地湧上。我忍不住哽咽，驀地，我的天空畫出一道弧線，有把傘，止住淚一樣掉落的雨。

「妳哭了？」那個一貫溫柔的語調從頭頂傳來。

抬眼，濕潤模糊的視線裡，滿滿都是浩聲好看的臉龐。來不及想到爲什麼這個時候他會出現在這裡，他不是跟小良和喻琦一起去續攤了嗎？怎麼會……

再也沒有多想，我只是……突然好想抱住他。

當然，不可能那麼做。

「是雨。」理智制住我瞬間的衝動，轉身，幾分彆扭地抹掉淚水，我故作鎮定。

浩聲包容地沒再追究，然後把哈士奇引往別的方向，繼續牠的漫遊。

直到我撫平了情緒，我才有些不好意思地開口，「謝謝。」

「不要客氣，今天本來就是要謝妳的，怎麼能讓妳自己一個人回家呢。」

他語氣輕鬆地說。我注意到浩聲體恤地將傘緣盡可能地向我這方傾斜，渾然沒有察覺到他肩上雨水的拓印緩慢擴散。

「沒關係，我一直都很習慣，」倒退一步，我退出傘下的天空，本能抗拒地低聲說著，「很習慣一個人。」

走進便利商店的廊道，浩聲主動買了我平常愛喝的飲料，塞到我手上。對了，他知道，我愛喝這個的。

幾句閒聊過後，我才知道了，浩聲剛升上研一，由於和系上學弟互動良好，所以才會偶爾以顧問身分串場帶活動，連大學時代待了好幾年的便利商店，他也不時會回來打工代班。

「你真是個念舊的人。」我說。

其實，我也是。我也是一個念舊的人喔，浩聲。

「嗯？」他不了解地望著我。

搖搖頭，我沒多作解釋，一方面也是因爲不知道要說些什麼。太習慣孤單，所以幾乎忘了，忘記了該要怎麼和別人相處。

「對不起。」低頭，我沒來由地想道歉。

「嗯？」

「對不起，我不太會聊天。」

「沒有關係啊，想說什麼就說，就算冷場了也很愜意的！」

他善意地笑了，那樣看來舒服清爽的笑靨，像是夏天早晨的和風。因著這份自然而然的善意，我突然不再覺得彆扭，頓時，緊繃著的心也能稍微放鬆了。

這個人好好喔，他對我眞的好好喔。

凝視他親切的樣子，突然想到，我並不能夠獨佔這樣體貼的浩聲，因爲……

「對了，怎麼沒有看見喻琦？」

「她啊，和大夥續攤去了，剛才還偷偷跟我說她看上了其中一個男生，要我識相點別礙事！」

「可是，浩聲你不是喻琦的頭號男友嗎？」我說得快，一脫口，就發現自己說溜了嘴，不由得懊惱起來。

「頭號男友？」浩聲顯然對這個稱號頗感困惑。

糟糕，要是讓他知道喻琦劈腿，我就……

他的答案卻很奇怪，「我啊，偶爾是頭號男友，偶爾是備用的男友，很多時候，什麼都不是。」

「備用？」

他沒有再說下去了，而我也不好繼續死纏爛打地追問，一陣靜默中，浩聲不知道想起了什麼，像是沉浸在自己的回憶裡。我懂得那樣的心情，於是寬容地不去打擾。

就這樣，時間無聲地流動著，便利商店不會打烊，所以我們就這樣理所當然地一直坐著，安靜著。

夜雨，持續下著。

第三話 難以忘懷的心事

07

「莨莨姊姊，妳猜，我在哪裡？」

布置溫馨的房間裡，床頭那盞漂亮檯燈閃爍著星星形狀的黃暈，投映出銀河系般的絢麗夜空，雖然空無一人，卻傳來稚氣的聲音。

「莨莨姊姊，我在哪裡？我在哪裡？」

調到兒童病房的第一天也是這樣，那時候，我被床底竄出的小小身影嚇了一跳，那是個約莫四歲的小女孩，笑嘻嘻的臉龐像陶瓷娃娃般精緻可愛，見人就撒嬌地嚷嚷著要玩捉迷藏。當下我拿她沒轍，只是配合地假裝遊戲，後來則被綾學姊糾正，是不能和病人這樣互動的，尤其她是急性淋巴性白血症的患者，身上碰撞出傷口就不好處理了。

「莞莞乖，先來病床上坐好，讓莨莨姊姊量耳溫，」我蹲了下來，果然看見小妮子縮在角落，只得先放下手邊的護理評估和檢核表，向她伸手，「要聽話，等一下姊姊才會說故事喔！」

畢竟是小孩子，莞莞不一會兒就爬了出來，朝著我笑。

她今天精神很好，只是面容依舊蒼白，那是最顯而易見的病徵。聽說，莞莞今年才剛上幼稚園，開學沒有多久，因爲突然發燒請假了一週，那之後，再也沒有回去上過課了。

莞莞對我說她最喜歡老師唸故事的時間了，每每遇見我巡病房，總會央求著要我說上一段。因此，在做個案分析報告的時候，學姊建議可藉由莞莞熱中的說故事的方式，進行治療性的遊戲。

這幾天，莞莞迷上的是迪士尼的電影，因此要我講小美人魚的故事。

我沒有看過那部動畫，只能循著記憶裡的劇情說，卻沒有多想，故事的最後並不是美好的結局收場，而是……

「所以，最後小美人魚化作好多好多泡沫，慢慢消失在大海間。」我理所當然地道出了這句，卻迎上了莞莞萬分專注的眼神。

「她死掉了嗎？」安靜片刻，她的問法像個大人。

頓時，我不知道該怎麼回答，她逮住我語塞的無助表情，接下來問得更加認眞了。

「死掉，就會變成好多好多泡泡嗎？」

然後又問：「我也會死掉嗎？莞莞也會死掉變成好多好多泡泡嗎？」

那個午後，我回答不出來，把自己鎖在兒童病房轉角的洗手間裡，狠狠哭泣。

明知道，踏進這個行業，就註定了要看盡生老病死，然而，當莞莞那麼認眞追問，我卻不知該作何反應。

死掉，不會變成好多好多泡泡的，莞莞。

至少我看過的不是那樣。

閉上雙眼，邵強的樣子隨即浮現腦海，不願意去想，但印象始終難以抹滅。總是如此，無止境似的悲傷是那麼深沉厚重，將我緊緊包圍。

記憶猶新，發生地震的那夜景象依舊殘忍而鮮明，建築物崩塌的轟然響聲，以及鄰居們的臆測紛紛，極度恐慌地嚷著那是誰家的房子垮了。我還愣著，沒有反應過來，爲什麼，他們討論的那個姓名竟會如此熟悉？

直到天亮，我才親眼目睹。只是那個時候，我不敢相信，邵強，死了。

那不是他吧？

畢竟，我只能握住已經沒有溫度的手，他的身體都被震破的磚瓦掩埋著、壓著。我看不見他的全部，看不見他的臉。

之後，我到過邵家幫忙善後。說是「家」，不如說是廢墟比較貼切。

身處在塵埃覆蓋的倒塌廢墟，地上散落著邵強生前的種種。用過的書桌、破裂的籃球明星海報。歪斜扯壞般的衣櫥，還壓著軍綠色書包。我發了瘋似地越過滿地碎玻璃，不顧自己早已全身狼狽，硬是要將那個書包從底下搶救出來。

裡面的鉛筆盒和作業簿都還在，剛開學發下的課本，因為包裹著書套顯得又新又亮的，抱著這樣格外刺目的歷史課本，沒有理由地，我，放聲哭了出來。

08

趁著假日時，回到集集，意外發現這個小鎮似乎又成長了、熱鬧了些。

下了車站，繞過鎮上不知道什麼時候開幕的咖啡廳，曾幾何時，這樣的街景與兒時記憶裡的絲絲蹤跡顯得有些出入。儘管隨著時代的進步，那些老舊的、傳統的影子逐漸被消磨逝去，但是，再久沒有回來，這裡終究不會讓人找不到路。

漫步在回家的路上，經過坐落街角的連鎖便利商店，不禁佇足，閉眼，重新想像，從前這裡是什麼樣子。

那是一塊空曠的荒地，古舊的磚牆旁邊長滿了野生的茉莉花。起初，我並不曉得，只覺淡淡的香氛總順著風撲鼻而來，直到，某個夏日清晨……

「林紫萸！」

我在走路上學的途中，才剛出了門前的巷口就遇見邵強。他故意繞到我背後，惡作劇般地突然喊我一聲，害我嚇了好大一跳，氣呼呼地追著他跑。

那天我才知道，原來我們兩個家住得近，近得只要晚上探出窗外，就可以望見他家開的那間小雜貨店還亮著燈在營業。

記得那個時候，邵強專程跑回家，從架子上偷了好多餅乾糖果向我賠不是，我不領情，後來，無計可施的他順手摘了一株茉莉，要寶地唱完那首同名的歌謠，邊將花獻給我，我才肯原諒他。

想到這裡，那個精神奕奕的喚聲猶在耳畔。

我還是殷殷盼望，盼望著下一個回眸，他就會像往昔那樣跳出來嚇我。

嗨，邵強，知道嗎？

我保證不再生氣、不再氣呼呼地追著你跑，很快就接受你的道歉，不會逼你唱走音的茉莉花了……

儘管我如此允諾，他卻永遠不會再出現。

不會再出現了。

「紫萸！」

死心地轉身想離開，有個身型削瘦的男生從改建過後的便利商店裡走來，表情轉為驚喜叫住我。

邵平已經是個大男孩了，看見是我，他轉身回到店裡拿了瓶飲料，步伐雖然蹣跚，但身手非常靈活敏捷，樣子爽朗地隔空直接拋了飲料過來，「喏，接著！」

邵爸爸聞聲，教訓似地敲了一記，「渾小子，這麼沒禮貌！」

「紫萸又沒大我幾歲！」

「還說！」

我笑笑的，表示沒有關係，邵爸爸和邵平忙著招呼我，幾乎冷落了店裡排隊結帳的客人。我要他們趕快去忙，自己則是趁著時間還早，想到附近走走。

回家牽出好久沒有騎的單車，迎著風，迎向記憶裡熟悉的大自然氣味，拋掉都市裡的塵囂、忘卻實習時必須面對的生老病死，好像只要這麼不斷不斷地踩著踏板，下一秒，就能乘著天邊那道氣流自由飛翔。

穿越鬱鬱青青的綠色隧道，像走進了那年的光景。我在第七棵樟樹前，一下子就找到了那個印記，樹上的刻痕還清晰可見。

楊明軒。

那是君簡喜歡的男生的名字，而，卻惡作劇似的，他喜歡的是班上另一個女生，如閑。

於是，我們幾個之間，就像是沒有出口的循環關係，各自繞著圈住的軌跡走，我喜歡邵強，邵強喜歡君簡，君簡喜歡楊明軒，而楊明軒喜歡的是如閑……

那個時候，我不懂，爲什麼感情不能簡單一點？

如果當年，我能夠勇敢向邵強道出總是小心翼翼掩飾的心意，那麼，是不是就會有所不同了？

永遠記得，邵強被君簡狠狠拒絕的那天，她賭氣地說了許多傷人的話語，那樣任性生氣的神情是如此殘忍。我陪在邵強的身邊，半句安慰都說不出來，只是默默跟在他的後頭，走在放學回家的路上。

那天，他選擇了相左的路口轉彎，並不是家裡的方向，我沒有猶豫，跟上了那樣失意獨孤的步伐，不論他要去哪裡。

「怎麼跟著我？」

我沒有回答，也不知道該怎麼回答，佇足，欲言又止的眼睛望住他，揑緊的手心早已沁出薄薄的汗。要怎麼說出自己此刻的心情？我其實好心疼，心疼這個樣子的邵強，恨不得能夠幫忙分擔他寫在臉上過於明顯的傷楚惆悵。

「……」

囁嚅著，半晌，我還是無法表明清楚。

「別管我。」最後，他調頭就走。

我才脫口，「怎麼可能！」

搶身上前，我攔住他的去路，那刻，卻不意瞥見他眼角幾乎滿溢的脆弱，熠熠閃閃，那是，是我這輩子第一次看見男孩子哭，就在我面前。

他甩開我，伸手，遮擋我的視線，「不要看，男孩子哭，很丟臉……」

我不懂爲什麼，明明掉淚的人是他啊，但這秒，我的心卻被擰得發疼，隱隱作痛。

那個當下，有種再不做些什麼我的眼淚也要潰堤落下的預感，於是，一陣慌忙中我翻出了書包裡的面紙，再也顧不得男生女生該要保持的合宜距離，緩緩靠近，幾許顫抖地擦拭那淚濕的臉龐。

他瞅著我，霎那間，懂了這樣的溫柔。

「林紫萸，如果我喜歡的是妳，那就好了。」最後，邵強說。

他就依靠在我的肩上，像受了傷，掙扎得又累又倦的困獸般靠在我的肩膀上，用盡最後一絲力氣，那樣對我說的。

是不是太懷念的關係呢？我總是夢見相同的光景，是那涼爽晴朗的午後，溫煦柔和的陽光如涓絲般傾瀉而入，映照得通往綠色隧道的森林鐵路閃閃燦亮。

夢裡面，邵強還活著，嘻嘻哈哈地暢懷大笑，樣子調皮搗蛋地追逐君簡，在她身邊百般討好地圍繞著，偶爾，他也會故意默不作聲地躲在我的背後，捉弄似地要嚇我，惹得我好生氣地向君簡告狀……

夕陽西落，黃昏時分的一陣略寒秋意襲來，微風揚起，我不禁打了個哆嗦，才發現自己就在這老樟樹下不知不覺睡著了。

拍掉身上溫柔覆蓋的落葉，我站了起來，再回首望望這座綠色隧道，空落落的，一個人也沒有，耳畔的笑語都恍若隔世般遙遠虛無。

總是如此。

當我醒來的時候，他已經不在了。

已經，不在了。

牽著單車走，老舊的街燈已然亮起微弱光線，整條公路像是無限延展般，看不見盡頭，這裡，只有寂寞的影子陪我。

獨自穿越照明昏黃的隧道，像是踏出記憶裡那段純真時光，折返現實，我在距離鎮上不遠處望見了一個熟悉的身影，迎面走來。

是邵平。

「剛剛經過妳家，林媽媽說妳不在，猜妳可能在這邊，果然！」他的臉上有著陽光一樣的笑容，那雙精神奕奕的眼睛清澈而明亮，和他哥好像。

然而，我從來沒敢讓他知道。

邵平一跛一跛靠近，主動幫我牽著單車走，那是當年地震留下來的後遺症，即使再怎麼努力復健，仍揮之不去殘痛終身的夢魘，他從不曾喊疼，因爲他知道，能夠存活下來，就沒有什麼好抱怨的，畢竟，邵強就是爲了捨身救他才……

「好久沒有回來了嘛，想要四處晃晃走走，最後，還是回到這裡。」

回到這個，記憶共存的地方。這似乎是我所僅剩對於邵強的擁有了。

除此，其實，我還短暫保有過從邵強房間裡搶救出來的歷史課本。

本來只是單純地想要留下課本，至少，在我心中，還是非常執拗地認爲只要這麼做就能留住些什麼似的，總不願讓時間無情消磨，直到……

直到歲月拉遠了青春時候的記憶，漸漸模糊了腦海裡邵強的樣子，直到身邊的人都遺忘他的曾經存在，再也沒有人聽過他的名字。

然而，當我眞正翻閱完邵強所有寫下潦草字跡的頁面，讀過那些密密麻麻的字體，根本不是他上課認眞的筆記，那是抒發宣洩的自言自語，字字句句都是他戀著君簡的苦澀心情……

那個時候，我不知道自己還有什麼資格能夠留住那本課本。

其實，我常常這樣想著，即使邵強不喜歡我都不要緊，只是好想念他，好想再看見他爽朗的樣子，看他老是跟在君簡身邊嘻嘻哈哈地說著無聊話語。即使我單戀他的心情是苦澀酸楚的，總比現在，心是荒蕪空寂的要好吧。

邵平還自顧自地不停說著最近鎮上發生的趣事，開朗燦爛地笑著，試圖逗我開心。偶爾，有那麼短暫的片刻，我幾乎就要有種錯覺，以爲自己又回到當年，回到邵強還活著的那個時候了。

突然想起浩聲說過的，只要擁有美好回憶，那終會撫平一切的。

只是，眞的能夠如他所說的嗎？

此刻，沒有來由地，我陷入無盡的沉思，久久，不能自己。

09

「下午的時候妳手機響了很久喔！」

回到家，媽媽正坐在前院挑菜，見我牽著單車進門，她提醒我。

不知道爲什麼，我特別喜歡注視媽媽挑菜的樣子。她總習慣坐在院子裡，將準備做爲晚餐食材的青菜盛裝在盆裡，然後彎起身子，細心摘掉枯黃的菜葉，把青翠新鮮的擺進另一個乾淨的盆內。小的時候，她常會喚我過去，教我不同的青菜種類的不同挑選方法，那時候，我覺得無趣，老是不耐煩地敷衍。現在長大了，待在家的日子少了，反而懷念起和媽媽一起挑菜的時光。

「嗯。」沒急著查看手機，我悠哉地挨近媽媽身邊，也學著她挑起菜葉。

「不先去看看誰打給妳啊？」

「應該不是什麼重要的事。」

我的手機很少有人打來，通常，是喻琦會問問要不要順便幫我帶個晚餐，但是她知道我週末會回集集，那麼，應該就不是認識的人的了吧。

「紫萸……」

「嗯？」

停下手邊挑菜的動作，我望向媽媽，以爲她要對我說些什麼時，屋內的電話響了。

媽媽示意要我去接電話，我點點頭，先進屋去了。

是喻琦的來電。

我才按下通話鍵，電話那頭就如轟炸般地丟來一串抱怨。

「林紫葳妳眞的很難找耶，手機都打了九百六十二遍才有人接！下次我一定要去買小狗專用的項圈，把手機綁在妳的脖上子，看妳還會不會漏接電話！」

我不禁莞爾，看來午後那些未接來電大概都是來自於喻琦的了。

「對不起嘛，很久沒回家了，就繞到附近去晃晃，沒注意到忘了帶手機……」

喻琦心情不錯的樣子，聽我道歉過後也就沒有繼續叨唸下去，反而轉了個輕快語氣，提起別的，「今天浩聲打電話來喔！」

「怎麼了嗎？」

不知何以，當提起這個名字時，我覺得自己好像不由自主地特別在意，專注聆聽接下來喻琦要說的事。

「他說，明天約了小良還有一個研究室的學長要去惠蓀林場踏青露營耶，我自告奮勇地舉手報名參加啦，然後，明天會順便經過集集，就去接妳吧。」

「順便經過這裡？來接我？」我狐疑地重複了喻琦的話，才想著這樣的路線並不算是順便哪，半晌，才遲鈍地會意過來。

總是如此，喻琦興頭一來就會拖著我一起行動，也不管我到底要是不要，只是，印象中，她明明討厭接近大自然，很抗拒戶外活動的啊，怎麼……

「對呀，我們還幫妳準備好睡袋了耶，妳只要乖乖地在集合地點準時現身就可以了，怎麼樣，對妳很好吧！」

「可是，」我猶豫著，「可是，我又不認識浩聲研究室的學長……」

而且，喻琦明明知道，我不擅長和陌生人相處的。

「沒關係，那個學長妳不用太認識！」

她爽朗地笑開了，我不懂喻琦的話中有話，更不懂那樣美麗的心情究竟爲何，心裡其實是有幾分不願意，卻怎麼也沒有辦法開口推拖，更遑論拒絕。

「我……」

「就這麼說定囉，明天早上七點半去接妳，拜拜！」

然而，不讓我有絲毫思考的餘地，喻琦迅速掛斷了電話，獨留我一個人逕自對著電話，欲言又止。

「是誰打來的啊？」尙在摘菜的媽媽從外頭揚聲問著。

我放下電話，開門，回到前院剛剛坐著的位子，蜷著身體，將手埋進膝前，思緒幾分渾沌，必須花些時間重整方才喻琦匆促的結論。

「是喻琦啦，她說明天約了幾個朋友要一起去踏青露營。」

「嗯？」大概因爲平時很少聽到我要和誰出去遊玩的關係吧，媽媽抬起眼睛，很有興趣地問：「和哪幾個朋友啊？」

和小良、一個不認識的學長，以及，浩聲。

「妳很久沒和朋友出去玩了吧？」媽媽突然這麼說。夕照停駐在她的髮梢，眼裡盡是心疼與關切的慈愛，「以前國中時，妳不是老愛和班上同學，君簡啊那群朋友一起出去蹓躂嗎？」

「嗯……」悶著聲音，媽媽沒有繼續說下去，但我懂得她的用意。

其實，媽媽不止叨唸過一次了。

紫茵，我知道妳很念舊的，媽媽知道失去邵強這個朋友很難過，但是，妳會長大，以後會認識更多更多新的朋友，不久之後，妳會再擁有像是國中時期那樣的死黨，男生、女生，都會有的。

其實爸爸媽媽都很希望看妳多多出去玩，看妳去了哪裡拍回來的風景照片、看妳和朋友們開朗笑著的合影，希望妳快快樂樂的，偶爾玩瘋了也沒關係……

我轉過身去，默不作聲。

不是故意悶悶不樂的，媽媽。本來，我想這麼說的，卻無法開口。

手上仍舊繼續著挑菜葉的動作。靜默中，眼淚就這麼逐漸模糊了視線，讓我再也難以辨別。我懂得媽媽一直以來的擔憂，擔憂我地震過後就變了樣的沉靜個性，懂得她對我說過的建議和道理，如同摘掉菜葉枯黃老掉的部位，只要留下最新鮮青嫩的美好，而生命，就該捨去那些痛苦不堪的難過記憶。

我懂。

眞的懂的。

翌日，有著清爽晴空的早晨，看起來眞的很合適踏青露營的樣子。

我帶著媽媽與喻琦的期望出門，約在邵平家裡經營的那間便利商店碰面。

大清早的，邵平就待在店裡的收銀台前了，望見我的現身，顯得特別意外，趕緊走出來和我打招呼。

「紫萸！」

還沒有道出早安，背後，同時傳來喊我名字的聲音，是那樣一貫溫和的語調，回眸，浩聲已經來到我身邊，接著是小良，笑嘻嘻地說要幫我提行李。

喻琦還在車上，要陪負責駕駛的男生停好車才下來的樣子，那個看起來高高帥帥的男生，應該就是她說的，浩聲研究室裡的學長了吧。

直至大家都到齊，邵平則是愈看愈奇怪，甚至，質問的語氣並不怎麼友善，「他們是誰啊？」

喻琦見邵平一副有所防備的模樣，更是直接反問：「你才是誰呢！」

「我……」

眼見兩人初次見面就針鋒相對，我還愣著，不知道該怎麼打圓場。這個時候，倒是浩聲先釋出了善意，禮貌而簡短地自我介紹起來。

「我們都是紫萸在台中的朋友，之前請她幫忙擔任我們系上的新生訓練才認識的，我叫陳浩聲，這是喻琦，她是紫萸護專的同學，這是小良，這是阿栩學長……」

瞧見浩聲那麼善良寬宏的氣度，邵平沒再擺出不客氣的樣子，悶著頭回到店裡，繼續自己的工作。喻琦本來就要採購零食的，隨後跟著走進店裡。

「他們眞的是妳的朋友？很要好嗎？」趁著大家各自去拿自己愛吃的餅乾和飲料，邵平繞到我身邊，低聲，頗爲在意地問著。

「嗯，怎麼了嗎？」

我們邊走，來到擺放飲料的冷藏櫃前，浩聲也在那邊，像在尋找什麼似的，好專注。

邵平沒有回答，只是逕自向前，與浩聲停駐在同一個位子，看準了我愛喝的那瓶飲料，伸手要拿。不意，這時浩聲也相中了同樣飲料，早了一秒抓起飲料瓶身。

「紫萸最愛喝這個了，買這個吧。」

浩聲沒注意到這樣詭譎的氣氛，只是，邵平奇怪地望了浩聲一眼，頗不自然地伸回懸著落空的手，半晌，踏著蹣跚的步伐，樣子難堪地迅速走掉。

「邵平……」

喻琦不知道什麼時候來的，望著他微駝的背脊，「眞是個莫名其妙的小子，明明長得一臉俊俏，脾氣古怪得要命，走路的樣子像個骨頭快散開的老人。他到底是誰啊？」

「他是邵……」

他是，是邵強的弟弟。是大地震後好不容易搶救存活下來的生命，因爲他的存在，邵強的犧牲才顯得有意義。

「走吧走吧，管他是誰，買完快上車，這裡距離惠蓀林場還有一大段路呢！」小良後知後覺地跑來，不等我說完，催促著我們快快結帳。

浩聲將剛剛邵平選好的飲料遞給我。雖然沒有說話，但是，他溫和的眼睛像是能夠讀出我複雜傷感的心緒般，靜默撫慰。

「這小子也眞是的，哼，他是不是喜歡妳啊？又不是妳男朋友，卻表現出超強佔有欲，一看見我們來，就深怕妳會被搶走一樣，好像要殺了我們似的！」直到步出商店，喻琦還是憤憤不平地說個沒完沒了。

「不是的，邵平不是那個意思的。」

「邵平？」喻琦像是突然聯想起什麼似地停頓，變得多疑，「他是……是妳曾經說過的那個邵強的誰嗎？」

儘管上了車，同樣的揣測還是沒有停過，或許因爲駕駛座的阿栩學長映見後照鏡裡我疲於應付的倦容，好意地開口，爲我岔開了話題。

「對了，剛剛都還沒有機會介紹，紫萸，妳好，我是浩聲小良研究室的學長，我叫趙軍栩，他們都喊我阿栩學長。」

我在反射的鏡中扯了禮貌的微笑致意，再多看一眼這個外型出色的阿栩學長，覺得有些面熟，一時之間又想不起來曾經在哪個場合見過。

大概是因爲我的疑惑過於顯而易見，他逕自補充說明，「上次慶功宴我也有參加，就坐在喻琦旁邊，和妳打過招呼的。」

是的，是他。

我轉頭看看喻琦，她正俏皮地對我擠眉弄眼做出暗示，意思是，這個阿栩學長就是她最新看上的目標。難怪，昨天在電話裡提到我不用太認識這個學長。

後來，喻琦嘻嘻哈哈說起了其他有趣的事，隨著車程，我所熟悉的沿途風景逐漸轉遠，思緒暫時抽離了那個盡是悲傷與失落的集集。

「你們看，這附近滿山都是檳榔樹！」

「眞的好多，因爲檳榔是台灣口香糖嘛。」

「喂，你們能想像嗎？如果當初李安是在台灣拍臥虎藏龍，那李慕白和玉嬌龍在孟宗竹林裡決戰的經典橋段就會變成是在檳榔園耶！」

「太瞎了啦，無法想像……」

頓時，大家哈哈笑開，我也笑了。

一路上，就這樣時而專注在喻琦和小良一搭一唱的笑話上，時而專注在阿栩學長和浩聲聊起的研究話題上。而不管話題是什麼，若能短暫忘卻苦苦糾纏著我的那些愁緒，就好了。

第四話
10 終究被遺忘的我

「惠蓀林場是中興大學的實驗林場，總面積七千四百七十七公頃，海拔高度從兩千四百多公尺的大山到僅僅四百多公尺的北港溪河谷，由於這樣天壤之別的落差，因此植物動物的種類繁多，生態特別豐富。」

抵達惠蓀林場之際，小良把林場的概況介紹得相當完整，我們都詫異他對於整座園區的熟悉度，後來才知道，爲了這次踏青，他花了一時間背下網站上的導覽。

而後，我們來到河階台地規畫成的露營區，選好地方就即刻動手紮營，像是兒時報名野外夏令營那樣。我不知道喻琦怎麼突然能夠接受這樣接近大自然的活動，她則告訴我，參加這類的活動，女生最有機會顯得柔弱，被男生保護的機會也相對多得多了。

喻琦話說得直，她挑明告訴我她的目標就是阿栩學長，要我盡量幫他們多多製造獨處機會，至於小良，他的意圖再清楚不過了，喻琦曖昧地笑著，要我好好把握。

「那浩聲怎麼辦？」中午，單獨與喻琦在青草地上負責鋪平桌巾準備野餐時，我忍不住問了。

只見她一副無所謂的樣子，聳聳肩，表示沒有什麼大不了，「什麼怎麼辦？反正我怎麼樣他也不會眞的在意的。」

「妳不是他女朋友嗎？」

像是我說了傻話似的，半晌，喻琦淒涼地笑，「如果眞的是，那就好了。」她看了我一眼，喃喃自語，「爲什麼我總是遇見你們這種人啊……」

「什麼叫作你們這種？」

「濫好人啦。」喻琦轉身離開，不讓我追問下去。

而我，我聽不懂了。

這天，早秋的氣候相當宜人，野餐過後，時間還算充足，我們決定循著山嵐小徑接上松風山步道。沿途，古舊的木棧道灑滿隨風而落的松針，午後略帶慵懶的暖陽遊移在層疊的針葉與圓葉之間，在走過的幽然小徑留下了明暗錯綜的光影。

大概因爲剛吃飽的關係，大家的精力充沛，有一句沒一句地聊著。喻琦就如她所計畫的那樣，伴隨在阿栩學長左右。後來不知道和小良討論到什麼，意見不合地爭辯起來，原來靜默的林間突然變得好不熱鬧。

殿後的浩聲與我同樣感到沒轍地聳聳肩。映見彼此這樣無須言語的默契，接著，我們相視笑了。

細細端詳浩聲寬容笑著的模樣，那雙溫柔的眼顯得特別好看。只是，我想起的卻是喻琦那麼滿不在乎的態度，宣告自己要得到阿栩學長，完全不管浩聲這個她所謂的頭號男友到底會不會受傷。

「浩聲……」我下意識地喊了他的名字。

「什麼？」直到他收起笑容，抬眼看我，我這才噤聲。我根本不懂自己欲言又止的到底想要表達什麼。

「嗯……沒事。」

我甚至不懂自己此刻複雜的心緒到底爲何，只是簡單地知道，如果浩聲因爲喻琦的任意妄爲而受傷了，那麼，我也會因此難過的。

晚間，營火熄滅之際，郊地像是無人點燈的陌生世界。沒有光害的關係，星星像要從天而降般跳脫幽深蒼穹，綻放出點點燦爛，熠熠閃閃，凝聚成緩慢流動的銀色河流，蜿蜒至遠方看不見的盡頭。

這瞬間，我們幾個同時仰望這從未留意過的美麗夜空，安靜下來。

首先打破沉默的是小良。他嚥了嚥口水，用認眞萬分的語氣說道，「很難想像，這些我們以爲隱匿在夜裡的星球，其實一直都存在著，他們的生命是千千萬萬年。想想看我們的一生不過短短幾十年，從來沒有察覺自己是這麼渺小……」

難得小良如此沉穩莊重，他自顧自地繼續說著，我們聽得都入迷了。

「知道嗎？」他指向遠處邊際，「那邊的是獵戶座，旁邊的是大熊牽著小熊的星座，發現母子熊星座就能發現北極星，那發現北極星後會跟著看見什麼呢？」小良已經自問自答起來，「沒錯，就是北斗七星，對面的是南十字星，接下來更神了，那是天蠍座、射手座。喔，我還看見了雙魚座、處女座、巨蟹座……」

愈聽愈覺離譜的浩聲與阿栩學長已經皺起眉頭，浩聲搖搖頭，乾脆發問：「那，人客來坐在哪個方位啊？」

「人客來坐就在……」

沉浸在自己世界裡的小良還沒發現哪裡不對，就這樣順勢接話，半晌，才恍然大悟地提高音調，用台語大叫，「啊？人客來坐？」

「瞎掰夠了沒啊？還眞怕你接不下去呢。」

「對啊，就怕等一下你連這裡坐、那裡坐、隨便坐都搬出來了！」

浩聲和阿栩學長一左一右地搭上小良的肩膀，才不理會他被拆台的沮喪表情，紛紛調侃，就連身旁的喻琦都興災樂禍地笑開了。

「……」頓時，小良無話可說，只能落寞地躲到角落，自怨自艾地在地上畫圈圈了。

「走吧，我們來個夜間漫遊，這樣的星空可不是台中看得到的呢！」

「乾脆玩刺激一點的，試膽大會怎麼樣？林孝良還在鬧彆扭，不要理他，我們四個人分成兩人一組，剛剛好。」

不管小良還在搞自閉，我們這邊早就討論好下個行程。耳尖的小良聽到自己被排擠，立刻又轉了性活躍起來，打亂我們才剛分配好的組別，開口就是誇張高亢的歌聲。

「一閃一閃亮晶晶，滿天都是小星星……」

他隨著童謠歌詞，不受控制地舞動起來，臨時上演了超級耍寶的帶動唱，不時拉起我們的手在空中揮舞，擺頭扭臀地要我們加入他的行列。

「掛在天上放光明，好像許多小眼睛……」

浩聲先跟著附和，他大方牽起彆扭不敢開口的我，領著我，陪我一起唱。

那樣溫暖厚實的手遲遲沒有鬆開，他單純真摯的眼神像個孩子似的，告訴我，沒有關係的，唱吧，和我們一起開心地唱歌玩樂吧。

「對了，浩聲秀一段locking啦，他跳的locking是獨家的老人抽筋版，就算有深厚的舞蹈底子也學不來喔！」

「喔，我要看、我要看！」

於是，應觀眾要求，浩聲大跳他的招牌舞蹈。從沒看過的喻琦先是傻眼，接著捧腹大笑。

「喂喂，來尬舞啊，」小良左拉喻琦，右扯著一旁看熱鬧的阿栩學長加入浩聲，邊挑釁叫囂，「北投！北投！」

「什麼?北投?」

「是battle吧!拜託，你這是哪國英文哪?」

「噗……」

最後，大家玩開了，猶如古典芭蕾般的踮腳轉圈，甚至現代舞的奔放肢體紛紛上演，在我身邊繞著，又唱又跳，好不熱鬧。

轉瞬間的眩目，突然覺得這樣的光景好熟悉，曾經，也有個男孩，爲了乞求我的原諒，百般討好地繞在我的左右，不計形象地搞笑，又是送上茉莉，又是唱歌……

我笑了。

憶起那時手忙腳亂的邵強，憶起他的調皮笑靨，眞的好懷念啊。

大家繼續天翻地覆地嬉鬧，並沒有誰發現了我笑著滿溢淚水的眼睛，直到浩聲不意撞見的視線，我才趕緊搖搖手，表示自己沒事的。

像懂了什麼，浩聲體恤地點點頭，沒有大驚小怪地慰問，只是悄悄繞來我身邊，和我一起坐著。

「怎麼不跟他們一起跳舞了？」我問他。

「偶爾當當觀眾，也很不錯啊。」語畢，他向我俏皮地眨眼。

雖然沒有明說，但我就是知道，他是來陪我的。

「第一次來露營嗎？」

「嗯，是。」

「覺得好玩嗎？」

「嗯？」發現他專注看我的表情，突然明白，他從不言明的關心，是種獨特的溫柔。

「好玩。」我點點頭，給了他一枚放心的笑容。

「那就好。」

儘管後來，那是很久很久以後的事了。他說，之所以不問我流淚的理由，是因爲他知道，那不是傷楚的眼淚。

也是那個時候我才發現，那是我……

是我第一次，憶起邵強時，不再單單只感覺到痛苦悲傷。如同浩聲曾經告訴我的，擁有過美好的回憶，那終會撫平心上久難癒合的傷痕。

終究是會撫平的。

11

夜半，相互道了晚安，進到男女有別各自的帳篷後，沒有多久，小良按捺不住，鬼鬼祟祟跑來，開玩笑地說，他本來想要非常禮貌地敲門的，可惜，帳篷沒有門。

「哈哈哈，不好笑。」喻琦拉下窗型拉鍊和他對話，一臉意興闌珊，「什麼事啊？」

「喻琦喻琦，這裡好暗，我睡不著，怕怕！」

小良裝模作樣的語氣表情這才逗笑了她，「喂，要撒嬌找你的紫萸去！」

「我想啊，誰叫妳要擋在這裡的，很礙事耶……」

「林孝良，你欠揍喔！」

「林孝良欠揍喔？」浩聲和阿栩學長隨後過來，還真的猛敲了小良一記。「喻琦，我來幫妳。」

「怎麼那麼衰啦，好心來找妳們看日出耶……」

才沒人理會小良可憐兮兮的樣子，喻琦不給面子地揶揄，「看日出？有沒有搞錯？現在才幾點啊？先生，你外星來的，有時差是不是啊？」

浩聲和阿栩學長在旁邊憋著笑，直到小良被整得說不出話來，阿栩學長這才跳出來道出來意，「外星人先生是想說，既然還沒有到日出的時間，那我們先玩個試膽遊戲好不好，說不定，玩一玩，眞的就等到天亮了。」

「可是我們有五個人，如果按照剛剛說的兩個人一組，那剩下的那個人怎麼辦？」我想到人數的問題。

「這倒不用傷腦筋！」

浩聲說著說著，就從背後拿出已經做好的竹籤，「我們有三個男生，抽到籤王的就只能倒楣一點，先到終點當裁判囉，另外兩個人，就讓女生抽籤決定組員。」

「喻琦喻琦，妳那麼大膽了，就不要抽到我了，我想要和紫萸小護士一起！」

「哼！」

喻琦一副「誰要跟你同組」的表情，當然，如果能夠如願抽到她的阿栩學長是最好不過了，於是，只見她雙手合一，好認眞地祈求順利成眞。

「妳想抽到誰呢？」身邊的阿栩學長轉身，笑笑地問我。

不知何以，腦海突然浮現每每被圍困的無助時候，那個總會現身爲我解圍的人。有時候是很搞笑地擺出無厘頭的姿態說要我加油，有時候則是很安適愜意地就在我的身邊靜默陪伴……

「如果可以的話，我希望……」

「當然是我呀，不二人選耶。」沒讓我說完，小良已經蹦蹦跳跳衝到我身邊，搶先搭住我的肩膀，拿他沒有辦法，我不點頭也不搖頭地微笑。

其實，我希望的……

如果可以的話，我希望，是浩聲。

儘管在心裡這樣默默期待，但終究沒有實現，浩聲第一個就抽到了籤王，必須先到終點去孤伶伶地當個公平公正的裁判。

登時，剩下的就是小良、阿栩學長、喻琦和我的緊張局面，能夠決定命運的竹籤在眼前晃啊晃的，小良拚命地給喻琦使眼色，就怕壞了他的大事。

「喻琦喻琦，抽左邊那支，那支一定是阿栩學長！」

「你不要害我抽錯人耶。」

「不會啦，我剛剛有偷看到浩聲做籤的記號！」

「眞的？」

「騙妳幹麼，妳以爲我愛跟妳同組嗎？」

這刻，小良和喻琦已經旁若無人地高分貝講起悄悄話，我和阿栩學長其實和誰一起都無所謂的，我才想這麼說，喻琦已經抽起了左邊的竹籤。

「什麼？小良？」她把寫了小良名字的竹籤拿近到眼前詳細檢視，好確認自己沒有讀錯。頓時，難以接受地喊了出來，「爲什麼會這樣？」

同時，小良也慘烈哀嚎，大概是兩個人的聲音太大，離開一段距離的浩聲遠遠地還能聽到，得意地揚聲宣布，「就知道你們會作弊，所以我把記號掉包啦！」

「去你的芝麻蛋糕丁丁麵！」小良洩憤地將壞事的竹籤丟向早就跑不見人的浩聲，孤單老人，還不趕快做你的裁判去！」

「這是公平公正公開的抽籤啊，林孝良你最好給我乖乖守規矩！」浩聲已經不見人影了，但是嚴正的吩咐還能從暗處傳來。

於是，計畫趕不上變化的試膽大會，就這樣在小良和喻琦不情願同組的情況下展開。因爲臨時起的主意，遊戲規則簡單的不得了，只要兩組人馬摸黑穿過夜裡漆黑的林邊步道找到裁判，就算贏了。輸的那組，則要負責打理明天的早餐。

「怕黑嗎？」出發前，阿栩學長體恤地伸手領著我走。

還來不及回答，小良已經上前拉開阿栩學長與我之間相近的距離，「喂，試膽就試膽，你們兩個幹麼走路黏在一塊？」

「是呀，這裡好暗喔，我看，乾脆我們兩組一起走好了，好不好？」喻琦先拉住我，又示弱地扯扯阿栩學長的手臂，楚楚可憐的樣子好不動人，這時，我才懂得她的暗示。

於是，我被動地加入說服行列，「嗯，其實我是無所謂的，一起走也可以啊。」

阿栩學長包容地聳肩，見我們三個都達成共識了，他也沒再反對。

喻琦終於如她所想地依在阿栩學長身邊，小良則是亦步亦趨跟隨我的左右，我們四個就這樣同時齊步踏入近乎沒有光害的夜色森林，像闖入神祕詭譎的異次元世界，耳邊不時會有奇怪的動物低鳴，憑添幾分恐懼氣氛。

萬籟俱寂的蜿蜒徑道上，我們沒有人說話，沒有像是白天漫遊森林步道那樣愜意聊天，踩過地上樹葉沙沙作響的謹慎步伐，誰沉重鼻息的呼吸聲，都是如此細微又清晰。

大概太過緊張了，我並沒有察覺到腳步被生長錯綜的樹根拐住，一下子，重心不穩地幾乎絆倒，所幸阿栩學長注意到了我晃動的影子，扶起我的臂膀，才沒讓我真正摔跤。

「啊……不好意思。」站穩之後，我還是心有餘悸。

「別慌，慢慢走，不要害怕，我們都在這裡陪著妳一起。」阿栩學長安撫地在我耳邊說。漆黑的視線裡，凝望著我的眼睛顯得特別深邃黝亮。

接著，他轉身，語帶譴責地向著小良，「不是說要好好保護紫萸嗎？」

「我沒事，真的。」直到我再三保證自己沒受傷，大家才又決定繼續前行。

不知道爲什麼，這條羊腸小徑比白天走過的距離感覺要漫長許多。加上夜露潮濕，地面相當濕滑，我們都失算了這條路的安全性，才這麼想，大家愈加擔憂地提高警戒。這時，不遠處似有點點亮光。

「媽啊，這森林鬧鬼，有鬼火、有鬼火！」小良叫得誇張，立刻退到喻琦背後。

「那是螢火蟲。」阿栩學長不愧較我們年長些，沉穩的他先是看清楚了飛飄而來的細小光點，適時出聲制止住小良驚慌失措的騷動。

「喂，林孝良，跟你在一起眞的是沒怎樣也會被你嚇死！」喻琦忍不住抱怨起來。

「拜託你，像男人一點好不好？」

「我我我……」小良被糗得很沒面子，「我還是男孩、大男生、big boy，不行喔，奇怪耶……」

沒有理會兩人你來我往的鬥嘴，阿栩學長對我解釋，這個時候還能遇見螢火蟲，其實算是很難得了。

我隨口問起一些關於螢火蟲的生長季節與習性，阿栩學長都能細細爲我簡介。他後來說了，因爲之前擔任過螢火蟲季領導解說員的關係，所以略知一二。

愈往前行，愈能發現草叢群聚的閃閃光點，看起來相當可愛。阿栩學長隨手圈住了一隻落單的螢火蟲，我們都停格般地駐足，滿心驚喜地望住那掌心裡頭散發出的淡淡燦亮，不約而同地脫口讚嘆。

「紫萸，來，這給妳。」沒有猶豫的，阿栩學長轉身，並不是交給喻琦，而是選擇了身邊的我。

小心翼翼地承接過那盞微光，雖然開心地接收了這樣特別的禮物，但……

抬眼，不意望見喻琦頗生硬地放下了落空的雙手，充滿妒忌的美麗眼睛立即轉爲不屑的神情，轉頭，逕自快步走在最前頭。

「哇，原來這片森林這麼浪漫啊，不恐怖了，這下不恐怖了。」遲鈍的小良並沒有發現喻琦微妙的慍意，還沉浸在發現螢火蟲的單純喜悅裡。

「既然不恐怖了，那我們就在這邊分開走吧。」不知道是不是因爲生氣的關係，喻琦竟然這麼提議。一開始，不就是因爲想要親近阿栩學長她才……

「也好，」阿栩學長也贊同，「既然接下來的路都有照明，也不那麼危險了，這樣，試膽大會分組才有意義啊。」

「啊，可是……」

小良還欲言又止地想要說些什麼，喻琦已經自顧自地走掉了。

「他們兩個，應該可以和平相處吧？」

於是，這靜夜裡的小徑上，就只剩下我和阿栩學長漫步走著。我手心還握著他送我的螢火蟲，低頭凝視一閃一閃猶如星星的光芒，腦筋近乎空白。

因爲與阿栩學長其實並不熟識，我不知道該聊些什麼，只能想到什麼是什麼地開口，試圖打破沉默。

「我看喻琦是個挺勇敢的女孩子啊，她會照顧小良的。」

大概察覺了我與他獨處的彆扭，抑或原本阿栩學長就是個親切的人，聽到他半開玩笑地這麼說，我才卸下難以掩飾的不安情緒，輕聲笑了。

「倒是妳，」見我笑了，阿栩學長也跟著轉爲輕鬆，好看的側臉在微微月光下映出柔和的輪廓。

「我？」

「嗯，慶功宴結束之後就自己一個人走掉，那時候，我還在想，怎麼都沒有人……」

有的，那個時候，有浩聲陪我。心裡這麼想而已，我沒有打算說出口。

「要不是那時候喻琦有些醉了要照顧她，我……」

話說一半，突然聽到前面傳來喻琦和小良急促的呼叫聲。阿栩學長沒有思考，即刻拔足向前衝去，就怕在這深夜蠻荒出了什麼意外，而我，慌忙地跟隨阿栩學長的腳步，落後了些距離，稍後才跌跌撞撞地與他們會合。

「都是我不好，是我太膽小，硬要喻琦走在我前面，她才會不小心踩到這攤泥濘滑倒的啦！」

喻琦僵坐在濕滑的泥濘上不敢輕易移動身體，一看就知道摔得不輕。光線不足的關係，就算阿栩學長想要檢視她的傷勢也難以動手。小良在受傷的喻琦身邊繞呀繞的，一直嚷嚷著都是自己不好，沒有盡到保護女生的責任。

喻琦痛得按住腳踝，哽咽說著自己沒事，但楚楚可憐的淚水早已滿溢那張美麗的臉龐，叫人見了都會心疼。

阿栩學長思量半晌，沒有太多猶豫地揹起不能行走的喻琦，對小良交代，「怕是骨頭受傷就糟糕了，我先帶她回營區，那邊光線夠亮，才能看清楚傷得怎麼樣了。」

「那、那我呢？」小良跟在旁邊乾著急。

「你留下來陪紫萸。」

「可是，是我害她受傷的，我……不行啦，都是因為我，喻琦才會跌倒的，是我沒有照顧好她……」

他們沒有注意到我，一邊爭論著，腳下倉促的步伐愈走愈急。走著走著，我已經跟不上那樣的速度，眼睜睜望著他們的背影消逝在我的視線裡，就這樣，落單的我，手裡還捧著落單的螢火蟲，放棄般地放慢一度想要跟上的腳步，慢慢走。

我告訴自己，別害怕，就依循著白天走過的方向走去，記得，快到終點的時候會有岔路的，那個時候是要轉向……

我選擇了左邊的小徑，卻怎麼愈走愈覺得陌生……

於是，就這樣，我，迷路了。

盲目地遊走許久，摸索著，怎麼都找尋不到出口。最後，終於走到亮著微弱路燈的柏油馬路上，看起來像是主要幹道。而我，茫然張望前方，再回頭看著後面，完完全全失去了方向感，也不知道怎麼回到白天紮營的地方，我好累，走得太久，好累好累了。

頓時，雙腿癱軟，跪坐在空曠無人的大馬路上，頹然鬆開了手。那盞短暫溫暖我心的微弱螢火，終究，也緩慢飛進暗夜森林，回到牠該去的地方，終究離開我了。

沒有哭，我沒有哭，太習慣這樣的孤單了，所以我沒有哭。

最後，終於有人發現我，那麼急切地喊著我名字。

12

最後，我們沒有如願觀賞到日出。

爲了喻琦的傷勢、我的走失，大家折騰到將近天亮，才各自回到帳篷裡休憩。

稍晚時，喻琦躺平在自己的睡袋裡，然而奕奕的眼睛絲毫沒有疲憊倦意，翻了個身，與我正面對著，說，她其實是故意的，故意讓自己跌倒，故意哭得讓人放心不下的樣子。

「我就是想要阿栩學長。」

喻琦繼續說下去，語氣堅定得像是自己沒有不對，「要不是抽籤抽到和小良一組，我也不用這樣，妳也明明知道我的目標，卻都沒有幫忙，還讓他把抓來的螢火蟲交到妳手上。不過，算了，算是我低估妳，沒想到妳也滿厲害的嘛，竟然會在男生面前裝作可憐兮兮惹人疼的樣子……」

靜默著，我不知道該怎麼承受喻琦犀利的指責與評斷，更不知道該要怎麼反駁，我並沒有要裝得可憐兮兮博取男生疼愛。

我已經很習慣一個人了，而且，一直都是一個人的。本來想要這麼脫口而出，一瞬間，話卡住了。驀地，有個男孩的側影出現，與那時慌亂迷走的夜色森林重疊交錯著，橫過我的腦海。

那個時候，當我那麼害怕迷惘的時候，就是他發現我的。

是浩聲，發現我的。

「喻琦，不是這樣的，我沒有要讓阿栩學長……」

「儘管如此，」根本不許我把話說完，她總是武斷得很絕對，「浩聲還是不會喜歡上妳的！」

爲什麼？原本我想這麼問。

然而，話卻哽住，怎麼也無法出口。

之後，我沒再說話，喻琦也是。

不知爲什麼，那晚，我有點失落，就連時常夢見的邵強都沒有來找我，只是，半夢半醒間，夢境裡，我一直被圍困在那片迷失的夜路與森林，走不出去。

我好慌，好累。

這裡，寧靜得可怕，世界像是只剩下我一個人似的，山上冰冷的空氣透著濃烈的絕望與孤寂，從我發寒的肌膚滲入，流竄體內，我根本無法逃跑，也不知道該往哪逃。

就這樣，我放棄了。

雙腿癱軟，跪坐在空清無人的大馬路上。頹然鬆開手，那盞短暫溫暖我心的弱弱螢火，終究，也緩慢飛進暗夜森林，回到牠該去的地方，終究離開我了。

沒有哭，我沒有哭，太習慣這樣的孤單了，所以我沒有哭。

只是，終於有人發現我，那麼急切地喊著我名字。

「紫萸！」

或許時間並不眞的過了那麼久，但就眞的恍若隔世般，當我再度抬眼，浩聲已經出現在我眼前，立刻脫下外套，披在我頻頻發抖的肩膀。

「他們就這樣丟下妳一個人？」

我搖搖頭，好半晌回答不出來，可是受驚的情緒卻怎麼也平靜不下來，登時，奪眶的淚水重重掉落，理智再也壓抑不了下一個動作，我伸手，像是拚命要捉住什麼似地緊緊抱住了浩聲。

「別怕，」於是，他就這麼攬著無助哭泣的我，喃喃著，久久，沒有放開。「別怕，我在這裡，在這裡陪妳。」

直到浩聲帶我回到營地，小良才一臉懊惱地跑來我面前陪不是，道歉的樣子，幾乎都要跪在地上哀求我的原諒了。

其實，我沒有生氣的。

在我再三保證自己沒有生氣後，小良終於如釋重負地離開我跟前，跑回受傷的喻琦身邊，繼續唸經一般喋喋唸著對不起。

後來，我趁著沒人注意的時候，輕輕地，對浩聲說了謝謝。

他則是若有所思地笑了。「妳喔，怎麼這麼像個透明人，在喻琦身邊一點沒有學會那傢伙的狡猾呢？」

我啞然，回答不出他的問題，他好像也不怎麼想要得知我的答案，只是摸摸我的頭頂，幾分疼溺的意味。

這是我後來才發現的，他總能在我被遺忘的時候，第一個，找到我。

翌日，睡不安穩的關係，我先起身離開帳篷了。

天氣看來很不錯，浮雲高高的，飄在透明蔚藍的晴空上。營區旁邊那座頂天立地的林間，不時傳來早起蟲子的斷斷鳴叫，像要催醒貪眠的人們似的。

昨夜深不見影的暗黑森林已然不復存在，晨曦彷若金色細沙般灑落在聳天樹叢上，懸浮的光的粒子一下子躍動在交雜錯綜的枝椏上、一下子躍動在風吹過的葉縫間、一下子躍動在浩聲一個人沉思的側臉上。

原本以爲早起的只有我一個人，不意望見那個獨自坐在矮階上的孑然身影，我向前，難得主動地想要道聲早安。沒想到，才一個跨步，身後傳來制止的低語。

「現在別靠近他比較好喔。」我轉身，發現是阿栩學長。

於是，我聽話地沒有打擾，和阿栩學長兩個繞到木棧道的另外一端，沒有約定好要走到哪去，但就漫步在這晨間的小徑上。

「昨天晚上，抱歉。」

阿栩學長突然開口的道歉讓我不知道該怎麼回應，他其實沒有錯。

「沒關係的，反倒是我……」低下頭，空落落的手指絞在一起，「對不起，螢火蟲跑掉了……」

「螢火蟲跑掉了根本不重要，我擔心的是妳，上次慶功宴結束的時候是這樣，這次也是這樣，總是讓妳自己一個人……」他壓壓我的頭頂，不知怎地，語氣中有幾分自責。

他不需要感到愧疚的啊。

因爲不習慣與人這樣的近距離，當他想要再近一步，我本能地躲開了。一個轉身，不小心擦過後面矮樹，發出細微的沙沙聲。這時，彷彿聽見背後的騷動，浩聲發現了這方的我們，回望。

我被那樣從沒見過的眼神懾住了。

那是一雙無盡沉鬱的深邃眸子，猶如暫時失去了靈魂似的。

假裝沒有看到吧，我這麼決定。儘管已經別過頭去，但那樣空洞的眼睛依舊映在我的眼眶底，與心裡。

爲什麼呢，浩聲看起來好悲傷的樣子。

然後，不知何以，被感染了似的，我也……

那是好久好久未曾感受過的情緒了。按住胸口，心疼一點一滴地悄悄襲來，我卻拿它一點辦法也沒有。

第五話 無盡延續的溫暖

13

回到台中後，小良和阿栩學長時常出現在浩聲打工的便利商店裡。

「研究生都這麼閒嗎？」我隨口問了，小良則含情脈脈向我眨眼道，還不都是因爲某人哪。

我不懂地笑笑帶過，對於日漸頻繁的見面次數無動於衷，於是，小良開始纏著我，老在身邊圍繞，問我喜歡看什麼電影，下次一起去哪裡走走踏青好嗎？新社花海的風景正美，奧萬大的楓樹也紅了，我們可以去賞楓啊，很浪漫的……

我說都好，就是別再玩夜遊探險遊戲，他就愧疚得說不出話來了。

「紫莄紫莄，我們去賞花燈好嗎？」

「呃，可是元宵節還沒有到耶！」

「紫萸紫萸，我們去看划龍舟好不好？」

「端午節過很久了。」

「紫萸紫萸，中秋節要不要一起去烤……」

「烤肉嗎？可是中秋節不是才剛過不久嗎？」

「紫萸紫萸……」

接連好幾天的胡鬧，我還是拗不過小良的「深情邀約」。最後，他說想了好久，終於有個正當的名目可以約我，而且還撂下狠話，說這次我一定拒絕不了。我忍不住笑了，決定洗耳恭聽。

「那麼，請問小良先生，這次約我的『正當名目』是什麼呢？」

「就是，」他已經斂起平日嘻嘻哈哈的樣子，語調清晰而誠懇，「紫萸，請給我一個機會，讓我報答我昏倒那次妳的照顧，以及上次去露營時留下妳一個人的歉疚，我保證，這次不會再讓妳落單了。」

於是，就如同他預料的，我再也沒有什麼拒絕的理由，拿他沒有辦法地點頭答應了。

約定的那天，我被喻琦妝扮得不像自己，換上了平常根本沒有機會穿上的洋裝，我不懂她爲什麼要這麼積極熱心，直到……

「玩得開心點喔，今天晚上不用回來也沒關係！」

直到小良來到家裡把我接走，看見我不同於昔日的模樣，頻頻稱讚好看，喻琦這才把我推向他，嘴上還不時叨唸著些提醒的話。

「喂，林孝良，你可要溫柔細心照顧我們家紫萸喲。」

「我曉得啦。」

「知道那間餐廳怎麼走嗎？不要迷路，不然你就糗囉！」

「不會不會啦！」

「今天晚上不用回來也沒有關係！」

面對喻琦過分熱情的提醒，我已經不知道再說什麼，小良則是興奮得猛點頭，像是得到女方家長的首肯。明明，我們之間不是那樣的關係的。

都答應了，我就只能順從地任由小良安排，被他帶著去了大坑山區氣氛浪漫的景觀餐廳，欣賞台中夜景，享用佳餚，有一搭沒一搭地聊著。小良很會搞笑，也從來不會冷場，只是、只是，相處久了，我還是……

本來，小良還計畫帶我去看午夜場電影的，只是，我誠實的表情再也欺騙不了誰，儘管勉強微笑說著自己不累，沒關係，我也滿想看那部電影的，只是……

「紫萸，到家囉。」

就連粗神經的小良都看得出來我的疲憊，只能不了了之地結束這場「約會」。不到晚間十點，我們已經抵達租屋樓下了。

「謝謝小良，今天玩得很愉快。」

他聽得出來我的客套，安靜半晌，「是眞的愉快嗎？」

我答不出來。

見我愣著，他才逕自接話，頗爲尷尬，「哈哈，但我是眞的愉快啦，只要和紫萸小護士一起我就很愉快喔！」

「對不起……」

對不起，我眞的不知道該怎麼和別人相處，從很久很久以前就習慣了，習慣自己一個人。

「不用對不起啊！」面對我突如其來的道歉，小良更加不知所措，只能搔著頭乾笑，「哈哈，我很糟糕喔，老是把氣氛弄得那麼僵。」

我搖搖頭，卻也不知道該要再說些什麼，只能就這麼注視著他騎車迴轉離開，連客套地邀請他上樓來喝杯茶都沒有。

其實，小良，是我才要對不起吧，是我的關係。

是我自己。

我這個樣子，很不友善吧？

就在自己開始討厭自己地想著，忽地，沉靜下來的街道由遠而近地傳來聲響，抬眼，驀然望見原本已經騎遠的小良駛著機車，又一個調頭，眨眼間，回到我面前。

他扯下安全帽，像是想到了什麼還沒說完的話，「想一想，我還是覺得我一定要對妳說，雖然這眞的很不好意思開口。」

「嗯，」我乖乖站好，準備聆聽，「怎麼了呢？」

「紫萸小護士我喜……喜……喜……」

「洗？」我滿臉狐疑。

「我喜……」

「洗什麼？什麼東西需要幫你洗的嗎？」

「不是不是啦，」他一臉被我打敗的頹然模樣，「妳不要說話，聽我說。」

「你請說。」

「紫萸小護士我喜歡……」

「咦？這麼早回來？有沒有帶消夜給我呀？」大概是想出門買消夜，喻琦正好下樓來，打斷了小良的萬分專注與凝結的氣氛。

登時，小良像當機般頓住。喻琦來到我們之間，想要看看到底有沒有消夜可以吃。

「啊，抱歉，小良，剛剛我沒聽清楚你說什麼耶。」我還在想小良是不是需要我幫忙他洗衣服之類的又不好意思開口，畢竟，男生嘛，一個人住在外面……

他卻沒有繼續那個需要洗東西的話題，倒是哀嚎了。

「劉喻琦！妳幹麼早不早晚不晚地在這個時候出來啦！」

連著兩天，都因爲想要找些關於治療性遊戲的故事題材，常常到附近的書店晃。說完了莞莞最著迷的美人魚故事，我不想再讓她聽會難過的悲劇，於是，想要找尋更多更多結局圓滿的童話。

天氣很好的尋常午後，書店裡頭閒置的客人並不多，三三兩兩地站在自己屬意的讀物前，逕自翻看著。我喜歡停留在這樣的閱讀空間內，可以安靜地不被打擾，卻又不會顯得太寂寞。

在層疊的書架間，不意撞見某個躬著脊背看書的熟悉身形。浩聲低低的側臉好專注，不知道那般專注的靈魂現正沉浸在怎樣的情節裡，我貪戀的視線因此忍不住停滯，想要把如此安適愜意的浩聲盡收眼底。

半晌，我終於看得滿足了，才意識到自己這個莫名其妙的傻勁有點怪異。正想默默轉身，卻笨拙地和後頭碰上的別人撞個正著。

「啊，眞是抱歉！」

「紫萸？」

就這樣，當我滿懷歉意地賠不是，浩聲已經來到我身邊，彎起一抹親切的笑容，我喜歡那雙溫柔的眯眯眼，很好看。

「浩聲……」

其實我早就發現他在這裡了，但浩聲直嚷著好巧，不如一起去喝杯東西吧，我便說不出口，自己已經注視他好一會兒了。

我有點心虛，但是對於這樣意外的邀約，不由得悄悄地雀躍。

我們來到附近的咖啡店，簡單點了兩杯熱飲。浩聲擅自決定多叫了布朗尼，抬眼，頗孩子氣地向我說著他好喜歡吃甜點，邀我陪他一起吃。

沒有拒絕的理由，甚至覺得這樣的浩聲很可愛，於是，邊用小湯匙挖起精緻瓷盤上的蛋糕，我們兩個閒聊起剛剛看了怎樣的書籍，也聊到近來我在兒童病房實習的情況，以及浩聲實驗室裡的有趣事情。

這算是種進步嗎？

明明不擅長與人相處的，我卻能這樣待在這咖啡店消磨了整個午後，大概因爲對方是浩聲的關係吧。

落地窗外，秋日斜陽被薄雲纏繞著，短暫間，有道陰霾漫散在晴朗天空，是看來有點矛盾的天氣，原本採光很好的咖啡店裡一下子轉暗。那樣渾濁的沉鬱色調映在對面坐著的浩聲側臉上，與那日在惠蓀林場無意撞見孑然的他，有著說不出的相仿。

那個時候，他與現在身在我面前的爽朗樣子眞的判若兩人，但爲什麼，浩聲會有這樣的眼神呢？

那天，他目光空洞，生命像是不被賦予意義，也不再有任何期待與驚喜。我私心執拗地認爲，形象陽光的浩聲一點都不適合那樣絕望的表情。

「紫萸？」

「嗯？」我不自覺想得出神，還掛念著那天黯然的浩聲，縱然再多心疼，卻又無力窺探他傷感的原由到底爲何。

我想我，沒有那個權力吧。

儘管如此，浩聲還是不會喜歡上妳的！

記得在惠蓀林場，我走失的那個晚上。那時候，喻琦霸道斷言的話語直落我的心頭，她說，浩聲不可能會喜歡上我。

我知道自己向來不是那種會受到男生青睞的女生，沒有天生漂亮的臉蛋，也沒有活潑討喜的個性，更從來不擅自期待什麼好事會發生，只是……

只是，當終於有人發現我的時候，那麼急切地喊我名字、那麼無私的給我了個溫暖擁抱，緊緊的、有力的，像是我再也不用擔心受怕一樣地哄我、陪我。

「別怕，我在這裡，在這裡陪妳。」

那個時候，他是這麼對我說的。好像，我就眞的不用再自己一個人這樣孤單下去了。

「紫萸？」浩聲再次喚我。「怎麼不說話啊？該不會我問得太直接了吧？」

「嗯？浩聲你剛剛問了什麼啊？」糟了，我根本沒聽清楚。

憶起那夜的浩聲，我還……不是故意的，但眞的忍不住偷偷地在意。

「我說，」浩聲善解人意地笑著，大概誤認爲是我害羞了，所以又重複了一次剛剛我沒有注意聽到的提問，小心翼翼的語氣，「最近，我們家小良他……」

「小良？」

「小良他對妳……」

「小良他對我？」

這時，我紛飛落下的思緒才被浩聲緊急拉回，緊緊拴在眼前這當下。

倏地，浩聲在蕙孫林場孤鬱寡歡的身影、喻琦冷著表情的斷語，以及那夜迷走在森林，他擁抱住我的場景，都被收回到心底最深處的某個角落裡了。

別想太多了，紫萸。

我這樣告訴我自己。

「對呀，就是我們家小良，最近他對妳很熱烈地表現友好吧？」

望著他認真發問的臉龐，我懂得浩聲並不是八卦，他是發自對朋友的眞誠關心所以才問的。然而，提到小良，我就想到那天他吞吞吐吐的詭異模樣。至今，我和喻琦都還摸不著頭緒，弄不清楚他到底想要表達什麼。

最後，我迷惑地喃喃出口，「小良對我，好奇怪呢。」

浩聲刻意誇張了語調，一副「饒了我吧、怎麼可能」的表情，「天啊，小姐，妳不會不知道他是在追妳吧？」

「也不是不知道，只是，感覺不到……」我像是自言自語的。「這些年來，總有一種感覺，就是，我會這樣一個人一輩子吧，即使很怕孤單，但是，就是如此啊，總不會有一個人可以陪我到最後的……」

頓時，浩聲懂了我的思緒，斂起方才的搞笑心情，一下子，成熟的表情像個大人，驀地，才啓口，「傻瓜！」

不像在笑我的杞人憂天，倒像是種獨特的安慰，雖然他說我是傻瓜。

「我聽過有個說法是這樣的。有一天，就算妳不在了，妳的愛還是會有妳的丈夫和孩子們守護著，妳的丈夫不在了，那也還有妳的孩子和妳的孫子延續下去，延綿不斷。就像那些離我們遠去的人啊，即使他們已經不在了，卻仍留在我們心裡，對吧？」

「嗯。」不知怎地，雖然浩聲說得老氣橫秋的，我仍漸漸被說服地跟著點頭。

「當心裡想念著誰，或是關懷著誰的時候，妳就不是一個人喔。」

原來是這個樣子的啊。

接著，我想起了邵強的種種，他送我蘋果牛奶的時候，對著我唱著搞笑〈茉莉花〉的時候，走音難聽的歌聲都還在耳邊迴繞。

原來，一直以為自己是一個人的我，並不是一個人的呀。

「儘管不在身邊，但只要妳想念起，那個人就在妳心裡了。」

所以，當我想念起邵強，他就在我心裡，陪著我了。原來是這樣。

這瞬間，我的心窩好溫暖哪。

不知為什麼，這不是第一次了，終於，我對邵強的死亡，不再只是感覺悲痛傷楚，而是另外一種無盡延續的溫暖。

在往後，每當我想起他的時候，悄悄熨燙。

14

當我一如往昔來到便利商店，收銀台前站的卻不是預期見到的身影。

「歡迎光臨，小姐一位，單身嗎？」一見到是我，小良立刻上前，笑得滿臉燦爛。

我不曉得怎麼回應，只是目光搜尋了四周，奇怪……

「今天是我代班，等等下班了，我們出去玩，好不好呀？」

根本沒讓我有回答的餘地，一會兒，約好似的，阿栩學長和喻琦準時出現在便利商店外頭向我微笑招手，要我先上車等小良打卡下班。

於是，我就這樣被載離市區。喻琦笑著解釋說，那天聽到小良提議新社花海的風景正美，她也很想去看看，所以順道約了阿栩學長。

一路上沒有人提到浩聲的名字，我有些不習慣這樣的組合，一想到他被遺忘，不知怎地，心裡，也跟著有些空落落的。

喻琦和小良不知道在爭辯什麼，笑笑鬧鬧地好大聲，而我仍怔怔地與整車的歡愉氣氛並不相容，只是逕自在意著沒有人提起的浩聲。

「紫萸，妳還好吧？」阿栩學長發現了我的安靜，慰問的眼睛從後視鏡裡與我對上。

「怎麼那麼安靜？」

「不會是山路暈車了吧？」

「啊？紫萸小護士會暈車啊？阿栩學長，都怪你啦，開車開得歪七扭八的！」

「人家阿栩學長哪有開車開得歪七扭八的，倒不知道是誰喔，考駕照考了幾百次了都還考不到。」

「喻琦，妳怎麼知道我……」

眼見兩個人又要吵起來，我趕緊澄清自己很好，沒事，沒有暈車，只不過……

只不過，稍後，我再也壓抑不了內心的好奇，終於開口。我問了，為什麼浩聲沒有來呢？

「因為這是我們的四人約會啊。」回答的人是小良，一副理所當然的表情，「如果浩聲來了，就不是四人約會啦。」

喻琦接著轉向阿栩學長，半解釋地輕輕曖昧笑著，「我們家紫萸在愛情方面可是一片空白呢！」

我突然有點不開心，說不上為什麼。

什麼四人約會嘛，我根本不想參加的。

大概是我獨自生著悶氣的關係，對於鮮豔怒放的各式花種都沒有太大興致，新社花海場地人好多，簡直多過被觀賞的花朵了。

小良和喻琦張望著，發現前方小販在賣冰淇淋和烤香腸，很快地衝向前去。趁著空檔，只有阿栩學長問我怎麼了。

一方面氣小良的擅自決定，讓我心不甘情不願地參加什麼四人約會，一方面又氣喻琦怎麼可以笑得這麼開心，就這樣棄浩聲於不顧，都不會愧疚嗎？

最後，我搖搖頭，怎麼能夠說出這些不滿？

「不喜歡賞花嗎？」阿栩學長問。

「不是……」

「花不漂亮？」

「不是的，花很漂亮。」

「那怎麼悶悶不樂的呢？」

「我……」

我答不上來，阿栩學長倒看透我的心思，路過賣汽球的攤販，他停下，我不懂他的用意，只得跟著停下腳步。

他挑了一下子，選中星際寶貝造型氣球，打算付錢給小販，「就這個了，浩聲最喜歡這隻外星來的小傢伙喔！」

「嗯？」

直到他把綁著汽球的透明繩子交到我手中，這才恍然大悟，我像個生悶氣的小孩，而阿栩學長就像個包容的大人般，還買了汽球來哄我。

他說，那是浩聲最喜歡的星際寶貝喔。

手牽著繩子，不自覺地握得更緊了些，彷彿，只要和浩聲有些關聯的東西，我都變得好想要。

「哇，史迪奇耶！」

沒多久，喻琦捧著冰淇淋甜筒回來，望見了星際寶貝的汽球，直嚷著可愛，雖然沒有明說她也要，阿栩學長已經收到暗示般，很公平地為喻琦選了個美樂蒂造型的汽球。

小良見狀，也搶著撒嬌，「好想要蠟筆小新的汽球喔！」

「你沒有。」阿栩學長看都沒看一眼小良。

這下，小良舉起手上的烤香腸，在阿栩學長面前不甘示弱地晃呀晃的，「哼，這你也沒有！」

喻琦看不下去，「誰稀罕你的蒜臭香腸呀？阿栩學長可以吃我的冰淇淋甜筒啊！」

「去你的芝麻蛋糕丁丁麵，是男人的，就該吃這味！」小良故意在阿栩學長面前很沒水準地哈氣，頓時，蒜臭瀰漫四周。

「林孝良你超噁心的啦……」

無心參與他們的拌嘴，阿栩學長若有所指的話語猶在耳邊，浩聲最喜歡這隻外星來的小傢伙喔。

我才遲鈍地察覺，是不是，阿栩學長發現了我心裡所想的呢？

於是，我抬眼，與他的視線撞上了。

阿栩學長溫煦地對我微笑，這一秒，似乎不需多說什麼，他都懂的。

這天的四人約會，我就一直牽著飄在空中的史迪奇走。中途，偶爾有幾個小孩投以欣羨的目光，向自己的父母吵著也要買個汽球。

稍晚，我們來到高美濕地看夕陽。喻琦將早就玩膩的美樂蒂汽球留在車上，我卻相反地執意要帶史迪奇下車。

小良看得奇怪，「我不知道紫萸小護士妳這麼喜歡星際寶貝耶！」

阿栩學長同時望向我，我愣了幾秒，我也不知道爲什麼。

沒等我接話，小良也沒有打算要追根究柢的樣子，他拉著我就要往濕地衝，說要帶我去尋寶挖螃蟹。喻琦嫌脫鞋子太麻煩，於是並沒有跟上來，跟阿栩學長兩個人留在岸上的棧道邊看夕陽。

原先湛藍的天空已然暈染成漸層的深深暮色，頗有晚秋的味道。明明說要帶我尋寶挖螃蟹的小良遲遲沒有動作，只是面對我，張著有些慌亂的眼睛，不知所措。

「紫萸小護士，我……以下要說的，都是我的肺腑之言，是我的眞心喔，希望妳專心聽一下。」

「嗯？」海風習習吹來，我撥著飛揚的頭髮，並沒有辦法專心聽小良說話。

「我上次其實還沒說完我眞正想說的，都是劉喻琦啦，突然跑出來害我……」

終於將髮絲攏到耳後，我才要專注，這時，一陣強大海風襲來，打在我們身上，史迪奇幾乎要飛走了

「紫萸小護士，雖然我知道我們認識並不久，但從一開始就被妳的善良細心深深吸引，還記得那個時候我們幹訓，我因爲中暑昏倒的時候，就是妳的照顧，我才很快甦醒，好像被親到的灰姑娘，嗯，不對，應該是白雪公主，好像被白馬王子親到的白雪公主一樣，馬上就甦醒過來……」

眞的無法認眞聽小良到底要說著什麼，我必須好努力地和陣陣海風對抗，才不會讓它們把史迪奇帶走。

手上的透明繩纏得我好痛，終於我忍不住，「小良……」

「請聽我說完，紫萸小護士，我喜、喜……」

來不及聽完，史迪奇已經鬆脫。我訝然驚呼，小良還沉溺在自己的嘟囔裡，他到底在說什麼呀，怎麼自言自語地，這麼沉醉在其中？

我無法思考，這千鈞一髮的時刻，只想趕快捉住愈飛愈高的史迪奇。轉身，一個頎長的高大身形已經側過我身邊，幫我抓牢了透明繩。

「啊……」是阿栩學長，不知道什麼時候走來的。「好像打斷某人的告白了。」

我壓根沒有發現小良鐵青的臉，感激地望著阿栩學長，謝謝他幫我抓住了想要落跑的史迪奇。「告白？什麼告白？」

阿栩學長嘴邊的笑意更深了，他沒有回答我，「走吧，先回岸上，天晚了，這裡很冷。」

「嗯。」小心翼翼牽著史迪奇，邊踏在濕濕的泥地裡，突然想起，轉頭去問：「對了，小良，你剛剛叫我要專心聽你說，有什麼事嗎？」

只見他癟著嘴，任性地不發一語。

好像聽到要洗什麼，上次他也沒說完嘛。

「是要……請我幫你洗衣服之類的嗎？」

15

翌日。

我想我是故意的。

其實沒有特別想要喝飲料或是買零食，但就這樣不受控制地步出了房門，來到那間便利商店，在浩聲固定打工的時間。

會不會，今天守在收銀台前站崗的還是小良呢？會不定會今天又心血來潮地拉著我說要來個兩人約會，然後把我帶到哪個不知名地方賞花看夕陽？

途中，我也曾這麼想過。可，不知怎地，心裡就是想賭上一把。

果然，遠遠地，便能瞧見明亮的店內，有個男店員躬著脊背，正在整理商品架上的巧克力和糖果。而我，像是突然想到什麼般地頓住，登時，不知道到底該不該進商店裡去找他。

即使見到了浩聲，總不能開口就興師問罪追問他爲什麼昨天沒來吧，那聽起來太像在生氣了。

不過，我是認眞地在生氣呢。

明知道自己氣得有點無理，仍遲遲卸不下這份莫名的惱意，頗爲懊惱。

這時，一雙炯炯眼神盯住了我的，大概疑惑著我的詭異行徑吧，一下子，哈士奇警覺地朝我這邊前進。

又來了！

「別過來，」我退了好大一步，近乎雙手舉高投降的動作，可憐兮兮地向牠求饒，「別過來啊，我眞的好怕你。」

牠悶哼一聲，不怎麼相信的樣子。

「我不是壞人，眞的不是，眞的不是壞人啊。」我急得都要掉淚了，一定是老天要懲罰我亂發脾氣啦！

就這麼與牠對峙著，哈士奇又哼了一聲，猶如說道，「是這樣嗎？壞人的臉上會寫著壞人兩個字嗎？我要怎麼相信妳不是壞人？」

「爲什麼要亂發脾氣啊？」

「我只是亂發脾氣而已，又沒有、又沒有去搶銀行還是闖紅燈的……」

沒有思考哈士奇怎麼最後會冒出一句我聽得懂的人話，我只是反覆著話語，急於證明自己不是壞人，也沒有做過壞事，「又沒有去搶銀行闖紅燈……」

「我沒有說妳去搶銀行或是闖紅燈啊。」這次，我終於反應過來。哈士奇怎麼會說人話？而且，聲音跟浩聲好像。

哽咽著，我的眼眶仍在泛淚，抬頭，浩聲就站在哈士奇後方。

「浩聲……」

所以，被他看見了嗎？看見我和哈士奇的緊張對峙，我像個傻瓜似地和狗談判？

討厭，好糗。

我別過臉去，不想讓他察覺我的窘樣，但他已經出聲慰問：「怎麼哭了？」搖搖頭，他的體貼只讓我更想哭泣。好討厭自己這個樣子被他看見，討厭今天很不配合地是晴天，如果是陰天，就能像上次一樣，倔強地說那不是眼淚，是雨滴了。

他上前，我沒有退路，只能停住，矮矮的身高只到他的肩膀。這秒，距離他寬厚的胸膛好近。

「是因爲怕狗嗎？」他俯身打探我的情緒，有些摸不著頭緒，所以猜測著。他沒有等我回答，便把哈士奇領到我面前，引導牠坐下。

接著語帶責備地開口，「你把人家嚇哭了啊？」

大概由於認識浩聲的緣故，哈士奇已經沒了警戒的眼神，這時候，眼睛圓圓亮亮的，看起來溫馴良善。

牠好狡猾喔，還會裝可愛。我沒說出來，怕這麼說了會被浩聲笑話。

「來，紫萸！」

「嗯？」我怯怯地。

「這是紫萸，」浩聲把我推向前，又向我介紹，「這是哈士奇。」

浩聲逕自擔任中間介紹人般，「小哈，紫萸是我的朋友，下次你看到人家，不可以再擺出凶神惡煞的樣子，要有禮貌一點，主動打招呼，知道嗎？」

哈士奇沒有回答說好，我也不期待牠答應，因爲很怕牠，所以還是希望以後別再碰面的好。

「紫茵，以後遇到，就叫牠小哈，哈哈，或是哈士奇，牠就會乖乖的囉。」

「小哈？哈哈？」我難以理解，唸起來很像捧腹大笑的配音，「你幫牠取的名字嗎？」

「喔，對啊，」浩聲不以爲意，親暱地摸摸小哈的頭和肚子，「牠姓哈嘛，就叫小哈，有時候會叫牠哈哈，牠不乖的時候，就叫全名『哈士奇』，這樣牠就會聽話了。」

眞的，當浩聲提高嚴肅的語調喊哈士奇，牠因此豎起了耳朵，像是想聽浩聲說了牠什麼壞話。

他們似乎眞的很要好。

浩聲曾經提起的，要不是因爲房子太小，不方便養寵物，不然他眞想把小哈帶回家。

「這就是浩聲，最愛照顧弱小，我看他啊，以後最適合到育幼院或是老人院工作，才能把他的體貼精神發揮到淋漓盡致！」喻琦總是這麼說的。

想到喻琦，我才憶起自己還在生氣。

「怎麼啦？怎麼嘟著嘴啊？」浩聲果然是細心的人，瞬間轉變的慍色都被他發現，「實習的時候被學姊修理了嗎？妳啊，總是這樣溫溫的樣子，很容易就被欺負的！學學喻琦，那傢伙可狡猾了，去到哪兒都不會吃虧！」

又是喻琦。

昨天整天喻琦都沒有把你掛在心上呢，你還提起她。

不知怎地，這個時候聽見從浩聲嘴裡說出的名字，心裡，有些不是滋味。

「浩聲，你很喜歡喻琦，是嗎？」我不經思考地脫口。

「怎麼突然問這個？」

「爲什麼你明明很喜歡喻琦，卻可以忍受她在外面交很多男友，和阿栩學長約會？好奇怪喔。」

我低下頭，並不懂自己複雜紛亂的情緒因何而起，只是絮絮唸著，「昨天，我經過這裡沒有看到你，覺得好奇怪喔，當我昨天知道你不會一起去玩，也覺得好奇怪喔，當我看著喻琦很開心挽著阿栩學長的手，就會莫名其妙爲你抱不平，我覺得自己好奇怪……」

他塞了飲料在我的手心，胡亂揉揉我的頭頂，對我莫名其妙的悶氣盡是默默包容，就像對喻琦那樣的縱容，讓我覺得心痛，好痛。

我並不想要，不想得到和她一樣的待遇。

「對不起。」

所以，我轉身走掉。

莞莞在第一道寒冷鋒面來臨前，病情突然加重。

才剛翻完當天的看護紀錄，正要離開，綾學姊和其他醫護人員異常急促的腳步聲像是預告了什麼。

沒有人對我說明，等我知道莞莞因爲肝脾腫大、高燒不退被轉到加護病房，那已經是隔天早晨的事了。當時，我如常地前往莞莞病房，想道聲早安，卻撲了個空。

「勸妳不要對病患放太多感情，陷得太深，對妳沒好處。」

我曾經想辦法靠先前在加護病房實習過的人脈要去探望，卻被同單位的學姊制止。

面對學姊的理性與淡漠，我感到前所未有的無助軟弱，再多的焦急也束手無策，轉身，終於無法隱忍難過的情緒，在午休時間無人的林蔭角落旁潰堤。

「原來妳在這裡。」

是綾學姊找到我的，如同我第一天實習時的對話場景，她要我擦乾眼淚。「莞莞的病，在兒童癌症裡算是治癒機率很高的了，妳不要太傷心。還有，記得，別在病患家屬面前洩漏了自己的情緒，」綾學姊望著雙眼紅腫的我，最後落下了一句，不冷不熱的語調，「那不專業。」

頓時，我覺得自己好沒用。

怎麼辦，想要放棄了，其實我一點都沒能勇敢面對生老病死。

隔天，是星期六。

所幸不需要費心編造藉口或理由便能躲回集集，像是被無形的思念牽引般，總是如此，走著走著，不知不覺就會回到綠色隧道。

這片綠蔭濃密依舊，涼風依舊，層層疊疊的樹林中灑下晴朗陽光，光線在搖曳的葉片上躍動著，一閃一閃的。君簡說，那是白天的星星。

這裡，是以前常常和她蹺課跑來寫生的地方。

我坐在第七棵老樟樹下，架好很久沒用的木製畫板，調了幾個青青綠綠的顏色，抬眼，凝著眼前的懷念景色，良久。

到底多久沒有這樣愜意寫生了呢？我已經算不出來了。

幾分生疏地在畫紙上揮灑，多想捕捉回憶中這樣靜謐的濃濃綠蔭……

太過沉浸在自我世界裡，壓根沒發現身邊站了個人，注視著我畫畫有好一陣子了。

「妳畫得很棒。」半晌，他說。

「咦？浩聲？」我訝然回眸，對上了那雙熟悉溫柔的眼睛，浩聲，不知道什麼時候開始，默默守在我的身邊。

「打了電話給妳妳沒有接，沒帶手機吧？」浩聲笑笑的，雙手伸進休閒褲的口袋。

他今天穿著一件淺灰色系的厚棉帽T，寬寬鬆鬆的，看起來特別休閒，我沒對他說，這個樣子的浩聲，真好看。

「因爲沒聯絡上，我只能在鎭上繞，看到路邊有指標標示往前就是綠色隧道，突然想到妳提過以前常來寫生，過來看看，還眞的遇見了！」

他邊說，邊指著我畫架上的半成品，「眞的畫得很棒呢。」

「從來沒人這麼對我說。因爲國中念的是美術班，大家都比我厲害，比我強多了！」

「或許我不懂什麼藝術，可是對我而言，眞的畫得很棒。」

因爲他這麼誠實的誇讚，我微微笑了，心窩暖呼呼的，那是一種被肯定的感動。

「謝謝，」我停下握著畫筆的手，和浩聲一起席地坐在柔軟的野草地上，數著來往小火車的車廂到底有幾節，然後，我沒有來由地提起，「知道嗎？一直以來，我都像個透明人，總沒有辦法特別突出，甚至連喜歡的人也……」

憶起邵強的點點滴滴，我驀地安靜下來。

那個時候，他那麼疲憊地靠在我的肩頭，對我說著，如果喜歡的人是紫萸妳就好了。是我，就好了。

而我，我只能深感悲哀。

「世界那麼大，要遇見一個喜歡你，而你也喜歡她的人，真的太難了，不是嗎？」我下意識地脫口，現在說出來，已經太遲了。

他早已經聽不到了。

回神，浩聲體恤地沒有追問我突如其來的感傷到底爲何，只是愜意地享受著這午後微風與初冬的溫和陽光，當個稱職的聆聽者。

好奇怪，原本寡言的我，不知道怎麼和別人獨處的我，只要和浩聲在一起，就會變得開朗許多，和他一起，我覺得很安適自在。

舒服地伸伸懶腰，突然想起了昨天綾學姊的教導，呼地頓一口氣，沒轍地說著，「唉，我想，自己始終沒有辦法適應護理工作吧。」

「怎麼說呢？我倒覺得妳很適合啊。」

「是嗎？」

稍微提了莞莞的事情，不知怎麼起頭的，我就這樣叨叨絮絮地提起過往的邵強與君簡，我們如何如何在班上一起和討厭的老師作對，約好在假日外出寫生，一時間，那般活躍的青春回憶變得鮮活生動，彷彿說著說著，他們就要騎著單車出現了。

「啊，我太多話了。」我突然打住。

「這樣很好啊，而且，沒想到妳以前是叛逆少女耶。」

「哪有！」我抗議地輕推他一下，他則哈哈大笑起來。

這天，天氣很好，在明亮的冬日陽光下，我還沒有過這樣的愉快記憶，看看浩聲像是大孩子般的爽朗笑臉，我也跟著欣然笑了。

「總是行的。」然後，他忽然像是想到什麼，開口說了這麼一句。

浩聲轉頭望向我，眼神堅定，「加油喔，白衣天使！」

「白衣天使啊……」

「對啊，未來的白衣天使。」浩聲理所當然地點點頭，如同我們初次見面那樣，擺著誇張的熱血姿態。「這世界還有很多人等著被妳拯救呢！」

浩聲卻不知道，很多時候，因爲他，我覺得自己被救贖了。

稍後，浩聲要我擔任地陪，帶他漫遊我的故鄉集集，於是，兩人開始了很隨性的集集一日遊。浩聲騎著我的單車載我，穿越綠色隧道回到鎮上。

「對了，浩聲，你怎麼會來在這裡啊？」我這才突然想到，問起。

「啊？」安靜幾秒，不知道該怎麼回答似的，最後，若有所思地回答，「那天，看妳就這樣轉身走掉，不知道爲什麼，就是覺得特別在意……」

「在意？」

「嗯，在意。」浩聲的聲音低低的，似乎連他自己也猜不透到底爲了什麼而在意。

我不懂他那樣奇怪的表情，並沒有想太多，按著隨風吹飛的頭髮，思緒也翻飛著，「剛剛啊，我都對你說了那麼多心事，爲了公平起見，你也要說一件能夠讓我安慰你的心事！」

「啊？」浩聲轉過來看我。

我俏皮地對他眨眨眼，「我可是第一次對別人說起暗戀的事情呢，那你也要和我交換一下你的初戀啊！」

「哇，還有這樣的啊！」他誇張地怪叫。

我笑笑的，其實不是想要打探什麼，只是好喜歡好喜歡和浩聲一起的這午後時光。這是多麼愜意的交心時刻，可以沒有心機地想說什麼就說什麼，縱然是言不及意的話語，都沒有關係。

好久沒有這樣了。

我想，是浩聲再次教會我的，教我敞開心扉與人相處。

「好，不過那應該不算是初戀吧，只能說是很一般的普通暗戀……」浩聲爲他的暗戀故事起了個開端。

「她是我高中時的學妹，跟喻琦同班，不過她喜歡的人是我哥，而且，我哥也喜歡她，兩個人相約考上同一間大學，然後，畢業後兩個人一起到英國留學了。

「他們，很登對，兩個人都很聰明，也很會念書，不像我，哈，沒什麼出息，研究所還是考到私立學校！」

浩聲才不會沒出息呢，對我而言，你很棒啊，我很想這麼說，但是害怕這樣的話語聽起來像矯情的安慰，所以我選擇放在心上。

「那，喻琦呢？我以爲你和喻琦是……」是一對的。

呼，不知怎地，得要小心翼翼地問，我按著胸口，好像問起這個莫名在意的問題時，心上，就會隱隱作痛。

「我哥以前在學校是萬人迷，她們兩個其實都很喜歡我哥的，所以……」

不知道該再怎麼接下去，浩聲深邃眼裡有著訴不盡的落寞與悲哀，就如同那天去露營在湖邊時我所看見的一般。

「其實，也不是眞的和喻琦在一起，只是，我們兩個，都是被丟下的，就覺得有那種要照顧她的責任，所以自然而然地就互相陪伴了。」

這瞬間，我不知道要怎麼說，說其實我懂，我懂得那樣的感覺。

風依舊徐徐地吹，這時候浩聲的背影看起來好單薄，我突然好想擁抱他，給他一些溫暖。

只是，不擅表達的我，才想著要怎麼說出口，浩聲已經斂起了那令人心疼的表情，「看，把氣氛弄僵了吧！走吧，還有很多景點我沒去到呢！」

搖搖頭，因爲不能眞正擁抱住他，於是，只能抓著他腰際的衣角，抓得更緊些了。

「好吧，那這個心事不算，等你覺得難過的時候，一定要讓我安慰喔！」

「怎麼有點在詛咒我會諸事不順的感覺啊？」

「哪有？」

17

集集一日遊的下半天行程，我們兩個都累壞了。

一下子我坐在單車上由浩聲推著前進，一下子浩聲嚷嚷他要休息換我推車。最後兩個人都沒有力氣了，乾脆牽著單車並肩走。

這天，因爲是假日的關係，集集很熱鬧，火車站前人擠人的，我被當作遊客，被攤販老闆叫住，硬是推銷據說是集集名產的香蕉蛋捲。

我被老闆天花亂墜的廣告說詞哄得走不開，最後還是浩聲把我帶走的。

都不知道怎麼開口跟老闆說，我其實是在地人，家裡也有媽媽自己手做的香蕉蛋糕，而且，比你賣的更香更濃更好吃喔！

走著走著，路過好多五花八門賣紀念品的店家。我對於有間專賣花花草草的園藝店情有獨鍾，先是被一株圓潤可愛的錢幣草吸引住，再往裡去，望見了可愛的瑪格麗特，更是欣喜。

「瑪格麗特好可愛喔。」

「我覺得妳比較可愛。」

沒有察覺到浩聲其實已經走出店門口，發現我沒跟上，才又繞回來，更沒有察覺到他說了奇怪的話。

「嗯？什麼？」我望著他。

「呃，沒事。」他已經斂起方才的快言快語，「孩子，該回家了。」

太自然了，他牽起我的手，就像牽著迷失方向的小狗一樣，牽著我步出店家。我沒有掙脫，也沒有太多詫異，那樣的掌心好溫暖。

直到步出街角，他才鬆開手，笑嘻嘻地說想吃前面攤販賣的大熱狗。

「要吃大熱狗嗎？」怔忡著，他問，我傻傻點頭。

「那妳也要沾辣椒醬嗎？」沒反應過來，我也傻傻點頭。

吃了一口大熱狗，又燙又辣的，我這才被嗆得清醒過來。兩個人衝往距離最近的便利商店，沒有我愛喝的那種飲料，匆忙中只得選了純喫茶。我辣得慌忙用手搧著發紅的臉龐。他看我這樣子，主動幫我抽開吸管。

突然，沒有來由地想起邵強總是幫君簡打開牛奶的樣子。

「謝謝……」浩聲，眞的對我好好喔。

從未有過如此被寵溺的感覺，這秒，我的心暖了，眼眶濕濕的。

他擔憂地看著泫然欲泣的我。「還很辣嗎？」

而我，已經感動得說不出話來了。

再辣都沒關係，浩聲，因爲有你這麼關心我啊。

「妳還好吧？」

浩聲還是那副天快要塌下來的愁眉表情，我看了，終於忍不住，搖頭笑了。

「妳好像很需要被照顧的樣子。」最後，他這麼說。

隔天，要出發回台中前，邵平抱了好幾串香蕉來我家。

「這我爸種的，說要給你們家。」

接過沉甸甸的香蕉，我一邊問：「怎麼知道我這星期有回家啊？」

他沒有回答，不自然地抿抿嘴，直到我把香蕉放進屋裡，再回到前院，邵平倚在玄關外頭，陪我穿鞋。

「那傢伙，看起來人不錯。」

「那傢伙？」我抬頭。

從這樣的仰角凝望，發現才多久不見，邵平似乎又長大了些，已經超過我印象中邵強的青澀年紀，跳脫少年時的靦腆，是個大男孩了。

「就是上次跟妳一起來店裡，說是妳台中朋友那群裡面的其中一個……」

他說的是浩聲。

「你們好像很要好的樣子。」

他說，早知道我回集集了，聽我媽媽說我心情不好跑出去畫畫散心，他也到綠色隧道找我，看見浩聲陪我聊天，似乎聊得很開心，所以沒有打擾。

「雖然有點不甘心，但是，知道妳難過的時候有人陪，這樣也好。」說著說著，邵平將視線移開，刻意不看著我，不知道爲什麼，他的聲音聽起來有點像在賭氣。

「嗯？」不懂他的不開心到底爲何，於是我問：「怎麼了嗎？」

「沒有啦，」邵平仍舊沒有轉頭回來，背對著我在掏機車鑰匙，「鞋子穿好了沒？我今天騎車，順便載妳去車站坐車！」

「喔。」我站起身來，跟著向前。

直到戴好安全帽，跨上機車，邵平還是異常沉默。之前他都會叨叨絮絮說著鎭上發生的趣事逗我開心的啊。

「邵平？」

「啊？」他轉過頭來看我，戴著口罩只露出一雙清澈眸子，和他哥好像。

「你，眞的沒事？」

大概不忍見我一副愁容，在下一個停紅燈的短暫時間，他主動開口，「本來要安慰妳的，可是被搶先了。」

我不解，這跟邵平繃著臉的原因有什麼關聯，「因爲這樣，所以不開心？」

他默不作答，是承認。

之後，我們沒有再交談。我不懂邵平心思複雜的表情，他很少這樣，或許小男生長大了，有自己的祕密和煩惱，也有自己的想法了，我不該多問。

一路上，我們各自保持緘默，轉個彎，就要到車站了。這是到車站前最後一個紅綠燈路口，他停下車，欲言又止，「紫萸，我……」

「怎麼了？」

綠燈了，他只得加快油門。趁著風聲呼嘯而過，他鼓起勇氣，「難道我真的不能代替我哥照顧妳嗎？」

我怔著，過了一會兒，「你說什麼？我聽不清楚！」

「我說！」他側過來，凝著我的眼睛，最後，還是放棄了，「沒事啦……」

其實，我都聽見了。

只是，對不起，邵平，你眞的不能。

因爲只要一看見你，我就會忍不住想起他。

想起，已經不在的邵強。

18

一回到醫院的實習工作上，綾學姊就捎來消息，她說莞莞的病情已經穩定，只是暫時還需要住在加護病房。

我點點頭，綾學姊是特別過來轉告我，因此，我滿心感激。

「別這麼感情用事，不然以後有妳受的。」

知道綾學姊爲我好，終於能夠釋懷。當晚，我來到便利商店，告訴快要下班的浩聲這個好消息。

「妳終於笑了。」打卡後，他陪我走回宿舍。一路上，見我精神飽滿有說有笑的，很放心的樣子，「能夠打起精神來，眞是太好了。」

我回眸，報以微笑。

他不知道，那是因爲有他陪著的緣故，爲我加油打氣，我才能那麼快打起精神啊。

我們兩個邊聊邊走，一下子就到了宿舍門口。互道再見後，我卻怎麼也掏不著鑰匙，浩聲見狀，撥了電話給喻琦，本來想請她幫忙開門的，但也沒有接通。

「大概早上出門時邊想著莞莞的病情，才沒發現自己忘了帶鑰匙吧。」雖然知道浩聲一定不會取笑我的，可我還是有些尷尬地解釋道。

「你先回去吧，我到附近公園的長椅上坐著等喻琦回來！」

深怕耽誤到浩聲的時間，我推著他又離開了租賃的宿舍樓下。

他沒有說要陪我等，卻一直守在我身邊，於是，我也默契般地沒再開口趕他走。

我們兩個來到夜裡無人的公園裡，浩聲孩子氣地高喊：有鞦韆耶，我要玩這個！奈何不了他，我們一人坐著一只，高高低低地來回搖盪。迎著風，好像下一秒就能將自己丟進沒有星星的暗色蒼穹。

小哈不知道什麼時候來的，也跑來湊熱鬧，遠遠瞧見是我們，便興奮得猛搖尾巴，直往我身上撲來。

「小哈真的很喜歡妳耶！」浩聲停下鞦韆，沒理我嚇得快要哭出來的表情，逕自摸著小哈的頭，邊逗牠玩，「你真是見色忘友耶，看見正妹就忘了我啦！」

說我是正妹啊……

明明知道浩聲是說笑的，可遲鈍的自己還是反應不過來，只是怔怔地。語畢，他轉過頭來看我，淘氣的樣子好可愛。

「喂，正妹，快來和妳的粉絲小哈打聲招呼啊！」

在浩聲促狹的牽引下，我這才鼓起勇氣，和小哈近距離接觸。只是，當牠興奮過頭撲到身上時，我還是會害怕。

正想努力推開小哈，牠早就識相地走了，我不知道浩聲什麼時候靠近的，本來七手八腳地揮拳，要小哈別再鬧我，卻粗手粗腳地把他弄傷了。

「啊，別打、別打了，是我啦，紫萸！」

「嗯？」回過神來，浩聲已經跪地求饒，我趕緊收手，連連抱歉，「對不起、對不起，有沒有怎樣啊？」

「沒事沒事，只是肋骨好像斷了三根，左手骨折，腹部可能內出血了！」

知道他在開玩笑，我又出手推了浩聲一下，「哪有這麼嚴重啊……」

「下手那麼狠，」他表情哀怨，按著發疼的地方，忍不住說：「還說自己國中是念美術的，我看妳根本是練散打的吧？」

「對不起啦！」

我揉揉他臉上的傷，淡紫色瘀青眞的在他眼角漫開，輕撫著那道印記，深怕再次弄痛他。

似乎察覺到我小心翼翼地放慢動作，他凝眸，對上了我正注視著他的眼睛。

我們，靠得好近……

兩個人都像忘了時間般地定格。這或許不是第一次與浩聲如此近距離，卻是第一次這麼細細檢視著他的樣子。原來他有著粗獷的劍眉，一雙飽含溫柔情感的明亮眼眸。當他深深望住我，那覆著的濃密睫毛隨之微微顫動，這一秒，我看得出神。

還怔著，我的目光遲遲無法抽離，靈魂與思緒都被蒸發了，不知何以，我沒來由地開口，問了，「浩聲，在那之後，你就沒有再喜歡過別的女生了嗎……」

不知道爲什麼自己會突然這麼問，他沒有訝異，也沒有責備，回過神來，思考片刻，欲言又止的。

他原本要說的，只是，我早他一秒轉頭看向別處，忽然很怕他會說出那個我明明就知道的答案。這刻，自己心情複雜的原因怎麼也無解，只知道，我淪陷的心，好酸好酸。

眞是太奇怪了。

「啊，下雨了。」

浩聲果然沒有回答我，注意力轉向針尖般密密痲痲從天而降的細雨。我們兩個都沒有帶傘，他伸出手蓋在我的頭頂，想要幫我遮雨。

「回我家吧。」最後，他如是說。

於是，浩聲就這樣把我撿回家。

沒有想太多，也沒有覺得在他家過夜有什麼不妥，或許因爲是浩聲的關係，我才能這樣心無設防地跟著他走。

「哇。」

浩聲爲我開了門，便衝進房裡收拾，與其說是收拾，更貼切的說法，是將散落在地上的原文書籍與厚重雜亂的研究報告挪到角落邊，隨即將桌上幾杯看來已經喝完的咖啡杯壓扁，投入垃圾筒。

大概是對於我「哇」的那一聲頗有意見，他理直氣壯地辯解道，「亂中有序才是男子漢的風格好不好！」

我笑了出來，故意用手遮住眼睛，裝作沒看到，然後回應，「浩聲的房間一點都不亂呢！」

「算妳有誠意。」他也笑出來。

其實，浩聲的房間本來就不太亂，我只是故意開他玩笑罷了。後來，趁著他泡熱奶茶的空檔，幫忙他把那些搬到角落邊的書籍分類擺到桌緣，他才說了，這幾天爲了趕報告，幾乎沒什麼睡。

「那你上星期六還跑來集集找我玩啊？」我忍不住脫口問。

他頓時啞口無言，半晌，才吶吶地，「那天，怎麼也放心不下妳啊，就算人待在書桌前，心還是不在這啊，所以乾脆去找妳了。」

「心不在這裡？那在哪裡？」

我不該問的。

一開口，便察覺到自己失言。浩聲也是，表情變得好古怪。

「乖乖喝妳的奶茶，喝完趕快睡啦，」他索性把泡好的熱奶茶塞給我，「現在的小孩問題怎麼那麼多啊……」

「我才不是小孩子！」

「快睡啦妳！」他已經把床鋪好了，自己則打算繼續熬夜寫報告的樣子。

「浩聲……」

「又怎麼啦，我的大小姐？」

「你不睡啊？」對於浩聲把床讓給我，眞的很不好意思。「我可以睡地上就好了。」

「妳睡妳睡，」他推我到床緣，按著我的肩膀讓我坐在床上，「哪有男生會讓女生睡地板的啊？何況還是、還是……」

愈說愈小聲，浩聲噤聲了，我也跟著安靜下來。

何況還是什麼呢，浩聲？

這夜，我翻來覆去許久，直到最後，浩聲都趴在書桌上睡著了，我還是無法安睡。起身幫浩聲蓋上外套，眷戀地望著那張孩子般的熟睡臉龐，久久不想移開視線。

「心不在這裡，那會在哪裡呢？」

他沒有說出來，我便不會曉得，想起了那個時候，浩聲對我說起的他的過往，那段不像是初戀的初戀。

而我，我想，我知道爲什麼喔，你總是那麼關心我，說放心不下我。

那是因爲，在我的身上，浩聲你看見了自己孤單的倒影吧。

如同邵強之於我，你哥哥帶走的那個女生，永遠都無法正視你。

只是因爲看見了這樣的我，於是同病相憐，就像會對喻琦好，會和她在一起，也是這個原因，對吧？

所以，那不會是喜歡，不是喜歡我。

對吧？

—第七話— 淚光閃閃的決定

相隔幾天，我怎麼也遍尋不著的髮束，後來，是喻琦找到的。

「妳在找的，是這個吧？」她拿在手上。我才要接過來，又被她緊緊捏在掌心。

「怎麼了嗎？」我不解她的動作，所以問。

「怎麼了嗎？」喻琦又重複一次，語調刻薄，「應該是我問妳的吧？」

「什麼意思？」

她重新亮出我的髮束，「這是我昨天在浩聲房間找到的。」

明明問心無愧的我，這秒，卻是語塞。

「想不到妳竟然會主動到在男生家過夜，林紫萸，我眞是小看妳了。」

「不是妳想的那樣，喻琦。」

「是嗎？」她冷眼看我，那樣的表情我曾見過，在惠蓀林場斷定我耍心機，裝出可憐模樣博取男生們的疼愛時，喻琦也是這個樣子的。

「那天我忘了帶鑰匙，本來在公園想要等妳回來的，可是因爲下雨了，所以……」

喻琦沒聽完，刻意移開視線不看我，訕笑起來，「你們兩個還眞浪漫。」

「妳不高興嗎，喻琦？」

「沒啊，沒有不高興，」她轉頭回來盯住我，眼神堅定得像是要宣戰，「只是，妳知道吧？浩聲是我的。」

我沒再說話。

是的，我本來就知道的，浩聲，是喻琦的。

我卻……

「別怕，我在這裡，在這裡陪妳。」

閉上雙眼，每當環抱雙臂時，還能記得在山上迷路那刻，浩聲義無反顧的擁抱，以及……

「孩子，該回家了。」

在園藝店時，當他那麼自然地牽起我的手，我可以好放心地就這麼跟著他走，無論要去哪裡。

「就算會傷心難過，但我相信，只要擁有過美好的回憶，那終會撫平的。」

浩聲在日常生活中點點滴滴的溫暖關懷，就像是療傷棉花般帶走我心上思念邵強的煎熬痛楚。

從初識的那天起，浩聲總是那麼無私地為我打氣，帶給我快樂，彷彿，這樣黯淡傷楚的回憶是可以被撫平的，要擁有圓滿的幸福，是如此簡單，並不會太晚。

不知道什麼時候開始，原本早就習慣一個人的我自己，總是活在有著邵強的過去的那個我自己，早已經悄悄地，讓浩聲住進我封閉的世界裡。

見我沒再開口，最後，喻琦丟下這句話，「我告訴妳，擅自把暗戀的對象想得太完美，最後受傷的人只會是自己。」

我聽不懂，也不想聽懂。

之後，我再沒有到過浩聲打工的便利商店附近徘徊。結束實習工作，我會繞道而行，回到租屋處。因為作息不同的關係，我連喻琦也一併避開了。

小良曾經打電話來邀約吃個晚餐或是看電影，我都回絕掉了，我說最近因為要交報告，很忙，不方便見面，小良沒想太多，立即採信，還奇怪地喃喃著，「明明就同班，怎麼紫萸小護士這麼忙，喻琦卻閒到三天兩頭就跑去找浩聲啊？」

我不知道該怎麼想。

其實，在那之後，浩聲也曾經捎來關心的簡訊，提醒我出門記得要帶鑰匙，別再被鎖在門外。只是，我不曉得自己該不該回應。

再次見到浩聲，已經是兩個星期後了。我才剛結束實習工作，晚上回到宿舍，一開門，便撞見他，與她。

「這傢伙昨晚喝掛了睡在我家，剛剛才把她帶回來。」浩聲看到我，依舊溫柔地對我笑，問我最近過得好不好，望著他，我卻不能說，好想他，我眞的好想他。

客套般地點頭，打過招呼後，我要自己趕緊離開，就怕再多看他們一秒，我無以名狀的脆弱就要落下了。

我背對著他們，喻琦撒嬌的聲音並未放過無助的我，「紫萸，過來一起吃飯啊，我們也買了妳的份耶。」

「我不餓。」抹去眼角微微泛起的感傷，我勉強出聲。

「怎麼可以不吃？」浩聲走到我面前，細細端詳著我，關心的樣子熟悉如昨，他卻不能屬於我，「身體不舒服嗎？」

喻琦見狀，也跟著走過來，就站在浩聲背後，正對著我，美麗的眼睛中，盡是危險的警告意味。

「沒有不舒服，我吃不下。」

「想學人家減肥啊？要是妳瘦到被風吹走了，我要去哪裡把妳撿回來啊？」

拗不過浩聲，我被帶回到客廳，乖乖被按在小沙發上坐好。

「對呀，多少吃一點吧，浩聲那麼關心妳耶。」喻琦在我身邊跟著坐下，邊說，樣子友善地遞了衛生筷給我。

我不懂，明明是她不許我再靠近浩聲的，為什麼這個時候，卻反常地又要我留下。

「浩聲，這排骨太大塊了啦，我吃不下，你幫我吃。」邊說，喻琦就把她咬過的排骨直接丟到浩聲碗裡，也不管他到底要不要。

「喔，這樣會吃到妳的口水，很不衛生耶！」

「以前我們不都是這樣的嗎？你還會把我吃剩的滷蛋搶過去吃掉呢！」

「那是高中的時候，我還在轉大人，當然要多吃一點啊，現在多吃只會提早變成挺著啤酒肚的中年男子而已……」

一會兒，我終於知道自己坐在這裡的用意。喻琦親暱地伸手戳著浩聲的肚子，檢查到底有沒有啤酒肚，弄得怕癢的浩聲直求饒。喻琦好開心地敘舊，說著從前的浩聲是如何如何悉心關照她，那是一段我怎麼樣都來不及參與的過去，至今，都無法介入。

「哈，現在擔心這個會不會太早，反正你已經有人要啦，我要你啊，以後你找不到老婆就娶我嘛，就算變成有啤酒肚的中年男子也沒關係！」

「什麼跟什麼啦，妳會不會想太多！」顧及到我還在場，浩聲漲紅著臉，極力撇清似地趕緊推走興味逗他的喻琦，「走開啦，幹麼一直黏著我，妳是還沒有酒醒嗎，我是浩聲，不是妳肖想的阿栩學長耶……」

「好無情喔，想當年，浩聲才不會這樣對我呢，你變心了！」

「變妳的頭啦，我看妳真的還沒酒醒，喝了什麼酒啊？宿醉這麼嚴重，還是喝到假酒，頭腦被酒精燒壞啦……」

「你是負心漢！」

「好啦好啦，喻琦乖，我服了妳，行了吧？」

我不想看。

刻意瞥過頭去，就是不想看到那樣打情罵俏的畫面，儘管浩聲不怎麼自然地要推開喻琦，但是，那終究抹滅不去他們「在一起」的事實。

這秒，沒有來由的，心上隱隱作痛，好痛。

我霍然起身，「我吃飽了。」

「嗯，紫萸……」

不再理會浩聲的慰留，我看見的，是喻琦嘴邊勾起一抹不著痕跡的勝利笑意。

我想，她已經達到目的了。

「剛剛妳真的有吃飽吧？」稍晚，浩聲回家後，喻琦來敲我的房門。

「嗯。」

「浩聲人太好了，要離開前還吩咐我，叫我過來看看妳，看妳有沒有吃飽。」她站在門邊，「他就是這樣，對誰都好，才會經常引起別的女生誤會，妳不要想太多啊。」

我沒有回答。

「呼，這幾天都和浩聲泡在一起，連我昨天去聯誼喝醉都是他把我抱上床換衣服睡覺的，我發酒瘋亂鬧的時候，他還好有耐心抱著我哄我，我其他那些男朋友都要吃醋了呢，還撂下狠話說要到浩聲家把我搶回去！」

見我沒有反應，喻琦逕自走了進來，直接坐在我的床鋪上。

「對了，浩聲還說計畫今年要帶我去跨年順便泡湯喔，要不要一起去呀？」她炫耀般地不停說著，刻意地語帶曖昧，「呵呵，不過我們要泡的是情侶湯屋耶……」

「喻琦，我累了，想睡了。」我站起身，想要請她走。

「幹麼，妳不高興啊？」

「沒有……」

「看到我過得這麼幸福，身爲好朋友的妳，難道不會爲我開心嗎？」喻琦收起了甜膩笑容，冷著表情，迎上我的眼睛，「還是，妳在嫉妒？」

我不知道該怎麼作答，更不懂喻琦爲什麼要這樣。緘默片刻，才開口，「那阿栩學長呢？喻琦，妳之前不是還是喜歡阿栩學長嗎？這樣不會太奇怪了嗎？怎麼可以同時和這麼多人交往？這對浩聲不公平啊！」

「妳果然是在嫉妒。」她不屑地哼了一聲。「是啊，我就是同時和很多男生交往。就是喜歡阿栩學長，那又怎麼樣？這不衝突啊，是他們自己要愛我的，我又沒有強迫他們。妳看浩聲說過什麼嗎？既然他都沒說話了，妳憑什麼替他抱不平？」

我登時啞口無言。

「更何況，」喻琦恨恨地再次開口，「那是他欠我的。」

「我不懂，」我頻頻搖頭，並不能接受這樣的結論。「爲什麼要這樣？浩聲那麼善良，爲什麼妳要這樣傷害他？」

「他善良？」像是聽到了天大的笑話，她淒厲地大笑起來，目光變得好可怕，「難道他善良我就活該嗎？林紫萸，妳什麼都不懂，就不要想當正義的化身替陳浩聲討公道，他沒有那個資格！」

「你們之間，到底發生過什麼事？」

「妳不會想要知道的。」

語畢，她的淚也跟著落下。

20

喻琦不說，我便不會曉得。

連著好幾天，她都沒有回家，學校的課也沒有去上，最後，我決定到浩聲住處碰碰運氣，按下門鈴，卻只見著了浩聲。

「喻琦不在這裡嗎？」

「啊？」浩聲顯然被問得莫名其妙的，還自以為幽默地開玩笑，「喻琦怎麼會在我這裡？要也是在阿栩學長房間裡啊。」

只是，我笑不出來。

注視著浩聲好看的臉龐，從一開始，明明知道他就是喻琦的「頭號男友」，可是只單純認為他們是因為熟識已久，才會有這樣的暱稱。直到那夜，我望見了喻琦哀悽的淚水。我從來沒有看過她哭，終於，知道他們的關係不是我以為的那樣。

而到底是怎麼樣，我已經不敢想像。

或許，他們之間的親密關係早就超越我所能負荷的。房裡的那張床，曾經在我回不了家時給了我溫暖，而那裡，會不會也曾是他們歡愉的天堂？

「怎麼了嗎？紫萸，妳臉色好蒼白，要不要進來休息一下啊？」見我一直沒說話，浩聲總算斂起玩笑的表情，擔憂地看我，「發生什麼事了嗎？」

我搖頭，「沒事，我要走了。」

「妳的樣子讓人很擔心耶。」

我回眸，對上他清澈而飽含情感的瞳孔，是不是眞的如同喻琦說的，你對誰都好，而不是因爲我是我……

「浩聲……」

「嗯？」

瞅著我的時候，他困惑得像是小動物般的眼睛是那麼眞摯單純。我憶起了初識時，他好熱血地爲我打氣加油，萬分篤信我會成爲很棒的白衣天使拯救世人，還有，每每當我被遺忘時，都是他先找到我的。那次在山上，他緊緊擁抱住我……

對不起，浩聲，我不是故意的，即使一開始就知道你是喻琦的頭號男友，但是我卻……

怎麼辦，我卻好喜歡你。

淚水失控般地瘋狂落下，浩聲頓時手忙腳亂，慌張地幫我拭淚，「怎麼了？怎麼突然哭了？」

我搖搖頭，說不出話來，傷楚的淚水怎麼也無以遏止。

「身體不舒服？實習工作遇到困難了嗎？還是……和喻琦吵架了？」

我拚命搖頭。

不是不是，浩聲，都不是你說的那些原因。

「怎麼都不說話呢？」浩聲問得更著急，可是，我要怎麼說，說我喜歡你！

因為無法言明，哽咽著，我退開步伐，想要逃離這裡，浩聲卻早一秒攫握住我的臂膀，將我圍困著不讓我走。

最後，像被打敗了，他頹然地，開口。「紫萸，我該拿妳怎麼辦？」

「可以抱我嗎？」我知道，這是個任性的要求。

他沒回答。

「即使我很難過、很需要安慰的時候，也不可以嗎？」我還抱有期待。

「傻瓜，」他深望著我，已經鬆開了抓住我的手，退回男女本應維持的合宜距離，「我是男生，所以不可以抱妳。」

我站在原地，像是拚命撒嬌也要不到愛的小孩，怎麼都不肯走。他沒有心軟，轉身，陷入沉思般的緘默。

縱然是任性的要求，但是……

「我發酒瘋亂鬧的時候，他都好有耐心地抱著我哄我……」

喻琦刺耳的炫耀，還像催眠般地複誦著。縱然是任性的要求，但是，爲什麼卻可以對她應許？

阿栩學長不知道什麼時候來的，手上抱著厚重的原文書，看起來是要來一起探討研究報告的。他沒有敲門，撞見我們僵持的樣子，便明白了這場無法收拾的混亂局面。

最後，是阿栩學長把我帶走的。

離開前，他神情複雜地望了浩聲一眼，沒有道別。

阿栩學長陪著不發一語的我，走在回到宿舍的路上，夜裡，驟冷的氣溫讓人難以承受，寒風吹著我淚濕的臉龐，刺痛的地方卻是難堪得受了傷的心上。

直到來到我的租屋處樓下，停駐，我打起精神，想和阿栩學長開玩笑。「嘿，抱歉，讓你看見這麼尷尬的場面。」

話一說完，阿栩學長已經上前，將我攬進胸膛，緊緊擁抱住了我。

「就當作是朋友之間安慰的擁抱也沒有關係，紫萸我……」

我難過得哭了。

為什麼喻琦可以，我就不行？

為什麼阿栩學長可以，浩聲就不可以？

21

我不知道，明明是很要好的朋友，可怎麼走著走著卻會來到這步田地？

近乎分崩離析的友情，不受影響的，似乎只有小良一個人。他太單純了，看不出來我們幾個各懷心事，甚至興沖沖地邀請我們參加他高中母校的校慶。

「紫萸小護士，妳一定要來喔，來看看我們的母校嘛，我也是前幾天才知道的，原來浩聲是我高中學長耶！」

一直默不作聲的喻琦在一旁答腔了，「她一定會很有興趣參加的，畢竟是浩聲的母校嘛。」

聽不出來她的字字句句都帶刺，小良轉身過去，「喻琦，妳也很久沒有回去看看了對不對？一起回去玩呀。」

「那裡沒什麼值得我留戀的。」

「喂，這麼沒血沒眼淚，不管啦，大家很久沒有聚聚了耶……」

於是，在小良的殷切期盼下，我們誰也不忍心拒絕，就答應了這次活動。小良用心良苦地借來幾套高中制服，他說想要回味那段青澀年代，請我們務必配合。

「什麼餿主意啊。」喻琦首先批評。

「別這樣嘛，喻琦，妳穿起水手服看起來很清純可愛耶！」

「這不用你說我也知道！」

「喻琦，妳知道『謙虛』這兩個字怎麼寫嗎？」

「不知道，我只知道『實話實說』這四個字的意思啦。」

一路上，小良和喻琦兩個人吵吵鬧鬧的，直到下了車，這才一片鴉雀無聲。大家都傻眼地瞪著校門張貼的公告，校慶的日期是昨天。

「誰來告訴我這是怎麼一回事……」喻琦不能接受地喃喃。

接著，全部的人不約而同轉頭，將目光狠狠盯著讓我們撲空的罪魁禍首，下一秒，齊聲大叫出來。「林——孝——良！」

面對大家，小良囁囁地，顧左右而言他地推託道，「還不都是因爲喻琦化妝化太久，所以拖延到時間，晚出發了才遲到的……」

「什麼我？」喻琦不甘示弱地回嗆，「是誰中途要下車尿尿，所以才耽誤的？這麼短的路程還要上兩次廁所，年紀輕輕就膀胱無力啊？

「而且是誰說下午再出發就可以了，反正可以順便看晚上的校園演唱會?結果連校慶的日期都搞錯，還說什麼遲到，我們可是整整遲到了一天耶，害人家大老遠跑來這裡，太陽都要下山了，整我啊！」

「是我嗎?」小良裝傻地目視遠方。

「就是你！」喻琦惡狠狠地瞪了小良一眼，先是頓住，再訕訕開口，補了最後一槍，「再說，高中哪來的校園演唱會?那是大學才會辦的好嗎? 大學生活過太爽，還想要來這裡裝可愛扮高中生……」

「……」

小良已經無力招架，無言代表投降了。

如此這般，就因爲小良的失誤，讓我們來到空無一人的學校。後來，浩聲提議，來都來了，不如進去逛逛。

「可是，現在是非開放時間耶，你以爲我們穿了制服就眞的看不出來年紀嗎?不會被校警擋在外面啊?」

最後，浩聲露出了狡黠的眼神，「誰說要走正門進去的！」

沒錯，在自稱是「優良校友」的浩聲帶領下，我們很快便抄小路來到校門西側圍牆，據說，這裡就是同學們口耳相傳投奔自由的任意門。

「我都三不五時就出來跟對面雜貨店賣冰的阿姨哈拉一下套交情！」浩聲說著說著，便輕輕鬆鬆地越過圍牆，「別看我這樣，想當年我可是師奶殺手！」

「對啦對啦，因爲全校的女生都只愛傳說中的校園王子陳浩鈞，所以你當然只能去找雜貨店阿姨尋求慰藉啦！」

陳浩鈞，是浩聲的哥哥吧。

「她是我高中時的學妹，跟喻琦同班，不過她喜歡的人是我哥，而且，我哥也喜歡她，兩個人相約考上同一間大學，畢業後，兩個人一起到英國留學了。」

因爲小良無心的玩笑話，我才想起來，這所學校，就是讓浩聲留下痛苦回憶的高中，而曾經就讀過一年就轉學的喻琦，同樣凝視著這所校園，緊鎖眉頭，不發一語。

「啊，被發現了……」浩聲擺了一副窘樣的鬼臉，在那樣的淘氣的表情底下，此刻，他眞正的心情又是如何？

沒有人知道。

一踏進校園，小良便走在一行人的最前頭，搶著介紹當年他在哪裡被罰青蛙跳，在哪裡偷看暗戀的女生，操場在哪裡，福利社又是在哪個方向。

「有一次，我跑去買了八寶粥，在上課的時候假裝想吐，把八寶粥當作嘔吐物拿給老師看，還眞的被批准躺在保健室睡大覺呢！」

才不管大家的表情已經作嘔，小良淘淘不絕地說著。當經過一排老舊教室，浩聲有些猶豫地停住了，而喻琦，也跟著駐足，就站在走廊前。

「這裡，已經換成綠色的油漆了啊……」

喻琦懷舊地喃喃自語，她撫著看起來不算新的綠色牆壁，早就數不清自己離開多久了的樣子，捨不得移開的目光停留在教室牆上，思緒卻穿梭飛躍回到我們去不到的那個年代。

浩聲上前，推開了教室的門。喻琦跟了過去，兩個人有默契地走到座位上，坐在各自擁有回憶的那個課椅，久久不能自已。

「我哥以前在學校是萬人迷喔，她們兩個其實都很愛我哥的，所以……」

猶如築起一道透明的時間之牆，我們都被阻絕在外頭，浩聲沉靜下來的面容滿是哀悽，眉頭鬱結。喻琦也是，她平時總是給人自信美麗的強勢印象，但此刻看來，也只是個被傷透了心的青澀女孩。

不管他們倆逕自沉浸在過往，小良拖著我和阿栩學長就要往外走，「走走走，我帶你們去看操場，高中三年啊，最有回憶的就是操場前面那個司令台了，不論是遲到、蹺課，還是整潔最後一名，都是在那邊被罰站呢。」

再次望了望浩聲，不捨地瞧見他那個失了魂的落寞模樣。我想起曾經約定過的，難過的時候要讓我安慰，這瞬間，我眞的希望，如果能夠爲他分擔傷心，那就好了。

「我看我們來個鬥牛三對三好了！」經過籃球場時，小良順手撿起一顆洩了氣沒人要的籃球，興致勃勃提議。

「你是深怕校警不知道我們闖進校園嗎？」阿栩學長推了小良的後腦杓一把，「何況我們五個人，哪來的三對三鬥牛？」

「喂，阿栩學長眞的很會拆我的台耶，」小良沒好氣地將球扔向阿栩學長，「你不是因爲近視太深，不用當兵，所以明年可以去申請國外的研究所嗎？我看你就乾脆在申請書上的研究專長寫最擅長拆朋友的台，不給人家台階下好了啊！」

「Good idea，我會採用的！」

阿栩學長豎起大拇指誇張地叫好，小良則被氣到頭頂都要冒煙。

「天都黑了啦，好不容易才回來母校的耶，難道眞的就要這樣兩手空空打道回府嗎？」已經不敢再亂出餿主意的小良兩手一攤，頗無奈地自言自語起來，「沒搞頭，哼，跟你們這群沒活力又不青春的假年輕人出來眞是沒搞頭啦！」

話才剛說完，一道手電筒光束從遠處射來，「是誰在那裡？」

果然，如阿栩學長所料，被校警發現有闖入者。

的校警。

「快閃啊。」浩聲迅速反應過來，指示我們從側邊爬窗戶溜進體育館，暫時甩掉巡邏的校警。

「看吧看吧，都是阿栩學長烏鴉嘴啦！」一停下來，小良立即抱怨。

睨了小良一眼，阿栩學長冷冷開口，「請問，又是誰大聲嚷嚷著要三對三鬥牛才驚動校警的？」

「我……」小良頓時啞口無言，只得自己躲到角落去自言自語地搞自閉，一邊用手指在地上畫圈圈，還一邊碎碎唸，「奇怪耶，每次都你說的有道理，是學長了不起喔，去你的芝麻蛋糕丁丁麵！」

「別鬧了啦，」喻琦推了小良一把，「快走，要是眞的被校警逮到就慘了。」

冬季，天色很快就暗下來了，因爲要躲避校警，我們不能再隨心所欲地漫遊校園，浩聲想了想，決定走後面的舊校舍廊道，回到西側圍牆，再翻任意門出去校外，他說雖然是繞遠路了，但是這樣的路線比較保險。

決定之後，我們很快地便又挪動腳步出發。這時周邊視線已經轉黑，只剩下微弱的逃生方向指示燈亮著。原來，夜裡的空曠校園也有幾分荒涼可怕。

「哇，這個氣氛來講校園鬼故事最恰當了！」小良不知道什麼時候已經振作起來，口沫橫飛地又要滔滔不絕，「有人想要聽我們學校流傳的……」

「沒有。」喻琦瞪了過去，「你閉嘴吧。」

「啊！」忽地，我被腳底鬆脫的鞋帶絆了一下。身邊的阿栩學長立即攬住我，讓我站穩。「怎麼了？」

「沒事沒事。」

不想一行人全都停下來等我，等到大家都走在前頭要轉入樓梯間下樓時，我才趕緊蹲下身來繫鞋帶。

「幹麼？喻琦，」小良還忙著拌嘴，「妳是平時做太多虧心事？會怕啊？」

「哈，上次不知道是誰在惠蓀林場夜遊的時候……」

我才剛繫好左邊的鞋帶，站起來，才遲鈍地發現右邊鞋帶也鬆脫了，只得蹲下重繫，卻沒有注意到兩人鬥嘴的聲音愈來愈小、漸行漸遠。

我慌亂地想要奔下樓，樓上已經有道可疑的光束從頭頂掃過，大概前方的小良喻琦察覺到校警趨近所以安靜下來，少了他們吵架的聲音來源，我也頓失方向感。

愣在原地，我只得先蹲下，躲過那道巡邏的手電筒光束。我看到校警的黑色身影並未遠離，他一個回頭，正往我匿身的角落走來。

怎麼辦……

我不知所措，只能本能地蜷著身體瑟縮在牆邊，怎麼辦，他要靠近了！

驀地，有團小黑影從校警旁邊吱吱作響地竄過，校警將手電筒一照，立刻奮力捉起那隻夜闖校園的灰色老鼠。

「哈哈，抓到了吧！」

校警轉身要處決那隻無辜的老鼠時，我的嘴先是被身後突然伸出的手摀住，來不及掙扎，他已經猛一使力把我整個扛起，帶離原地。

我驚魂甫定地被丟在操場地上時，這才定眼看清楚綁架我的人到底是誰。

「妳怎麼老是會走丟呢？」不顧我泫然欲泣的哀怨模樣，浩聲好整以暇地看我，好像剛剛把我捉下樓的人不是他似的。

「嗚……」

「對不起、對不起，剛剛不是故意要嚇唬妳的，情況緊急嘛，」看我哽咽得說不出話來，他才跟著蹲下，七手八腳地想要安慰我，「而且，最近妳老是避著我，好像在生我的氣，我就更不敢……別哭了，眼淚很珍貴的。」他邊說，一邊為我拭淚，注視著我的眼裡盡是款款柔情，「我喜歡看見快樂幸福笑著的紫萸。」

我癟著嘴。「可是，幸福離我很遠。」

所以，你不喜歡我，而邵強，也選擇離開我。

「紫萸，」浩聲撫著我的臉龐，不知道該怎麼安慰我的樣子，「我到底該拿妳怎麼辦？」

我搖搖頭，千言萬語全說不出口。

別爲難，都是我的錯，是我不該喜歡你的。

擦乾最後一滴眼淚，我站起身來，拍掉沾在衣服上的泥濘，準備離開這裡。

浩聲隨後跟了上來，「小良很喜歡妳，而且很努力在追妳，所以……」

我停下來，不想聽到那種話。爲了不要我落單，所以硬要把我推給小良，然後再說些冠冕堂皇的祝福，那只會更讓我心痛。

「那個時候你說，」因爲不想聽到那種話，我於是斷然打岔，「你說，心不在房間，那麼，心在哪裡？」

「……」

浩聲沒有料到我會突然問，怔著，安靜了片刻，才又開口。「不知道，我忘了。」

「那你說，」沒有打算就這麼放過，我不死心追問：「你那時候說哪有男生會讓女生睡地板的，何況還是，還是什麼？」

「那是我亂說的，沒別的意思。」他避開我的眼神。

「你騙人！剛剛的回答都是敷衍的。」

「我騙人？」浩聲終於耐不住，「對，我騙人，那妳到底要我怎麼回答妳？」

他生氣了嗎？向來好脾氣的浩聲終於受不了我了嗎？他握著我走的手勁變得好緊好用力，我被拉扯得好痛。

「浩聲，你弄痛我了。」

「對不起，我……」他頓時抱歉地鬆開手，再度安靜下來。

浩聲他一定開始討厭我了吧。

因爲連我都好討厭我自己。

我們兩個，誰都沒有再說話，穿越了操場旁邊排列聳立的校樹，很快地到西側圍牆的任意門，那是我們翻牆進來的地方。

「出了這面圍牆，我就沒有機會告訴妳了。」

他停了下來，背對著我，欲言又止。

「紫萸，妳說對了，我是騙妳的，剛剛的回答都是敷衍的。」

「什麼？」我反應不過來。

「那個時候我說，心不在房間裡，是因爲心早就繫在妳身上了。那天，我說，哪有男生會讓女生睡地板的，更何況還是什麼，如果妳眞的想知道，我現在回答妳。」

話語未歇，他轉過身來，溫柔依舊的眼神多了分堅定，我凝視著那樣的眞摯表情，幾乎屏息。

「我要說的是，更何況，還是自己心愛的女生。」

翻過牆，阿栩學長、喻琦、小良三人早就等在校外了，大家也都聽見浩聲突如其來的告白。

小良尤其氣得跳腳，十分不能接受的樣子，他強烈地胡亂哀嚎，覆蓋過阿栩學長無聲的愕然。喻琦不發一語地沉默，睜著一雙眸子，表情深沉，我看不出她此刻的情緒究竟為何。

「啊，紫萸！不要選擇那傢伙，我比他帥一千倍又比他幽默一萬倍耶，怎麼不選我啦？我失戀了嗎？失戀了嗎？」

我不好意思地躲進浩聲身後，不需言明的默契般，他，牽起了我的手。

這是，我們的回答。

好不容易牽在一起的手，這夜，我們怎麼也捨不得鬆開。

回到台中，大家早就累得各自散會。我站在租屋樓下門外，遲遲不肯進到房內。躊躇好久，我絞著指尖，不敢看他，直到下定了決心，終於對浩聲說出自己心意。

「今天晚上，想要跟你在一起……」

沒有說不好，浩聲遷就地答應了，我們兩個就這樣手牽著手，漫無目地在空蕩無人的街頭走著，路像是沒有盡頭般無限延伸，那時候覺得，就一直這樣走下去也沒關係。

「累嗎？」浩聲問我。

我搖搖頭。

一時之間，兩個人都不知道接下去要說什麼般地頓住，然後，相視而笑。

原來，就算是無言了，也好幸福。

這是從未體會過的美好，兩個人都小心翼翼地想要抓牢。

曾經，我單純地認爲，在邵強離開後，我的心臟便不會再爲了誰跳動，然而，當浩聲盯住我不放，我被他看到不好意思，停下腳步，再次感受到自己雀躍的心跳，撲通撲通的驟然節奏，竟是如此鮮明強烈。

受不了他的直視，我嬌嗔地輕推他胸膛，「怎麼一直看我啊？」

「別動，」他捧起我的臉，俯身，「我想吻妳。」

閉上眼睛，蜻蜓點水般的吻輕輕落在我的唇邊，這一瞬間，世界彷彿戛然停止轉動。我多不捨得張開雙眼，深怕這樣的美好，褪色成爲只能歎息的往日追憶。

我忘了撒嬌，抑或自己根本沒有那種本能，只低下頭，騷亂的心跳撲通撲通敲著自己緊繃的思緒與身體，這秒，酡紅了臉不敢讓浩聲望見。

「好喜歡妳喔，紫萸。」

我抬眼凝視，盈著幸福的淚光熠熠閃閃，再度被這樣突如其來的告白感動得不知道如何是好。

我也是，好喜歡你，浩聲。

樣子笨拙地攬著這個我深愛的男孩，當作是對他的回應。在寒冷夜裡分享彼此的體溫，埋在他寬闊的胸懷，不讓他瞧見我眼眶滿溢的委屈，「那爲什麼之前都不對我說呢？」

可知道這些日子以來，我有多麼煎熬？

「傻瓜，」他用厚重的外套將我包覆起來，像是宣告我只屬於他一個人般佔有，「早在很久很久之前，看妳總是買一樣的飲料，那時候就喜歡妳了啊。」

一邊走著，他說起了一個關於在便利商店打工的男孩愛上總是習慣喝粉紅瓶身飲料女孩的愛情故事，很久很久以前……

像有聊不完的話題般，我們都沒發現，原來自己也有這麼聒噪的一面。

說起了初識時的場景，又是什麼時候開始擁有共同的暗戀心情，直到僵持在淡淡憂傷的曖昧關係，到今天浩聲賭氣告白的勇氣……

最後，他終於告訴我，爲什麼沒在一開始就告訴我他喜歡我。

「因爲小良先說了喜歡妳啊，」他揉著我的髮絲，語氣透著幾許無奈，「況且，他超級積極地對妳展開追求行動，基於兄弟之間的道義，我不好再更進一步靠近妳。每天都要努力告訴自己不可以，但是有什麼辦法，我就喜歡上妳了啊。」說著說著，他把側臉靠在我的肩上，在我耳畔細語，「而且，眞的好喜歡好喜歡妳……」

我好心疼，噙著淚，輕聲問：「那為什麼後來又決定要說？」

「因爲，我捨不得看見妳哭泣的眼睛。」

我不知道浩聲哪裡學來這種蜜糖般討好女生的話。縱然如此，我還是這麼輕易被打動了，啜泣著，淚如雨般掉落。

「別哭別哭，眼淚是很珍貴的。」浩聲慌忙擦拭，似乎懊惱著又把我惹哭了，他這個樣子，我好喜歡，超喜歡的！

「眞奇怪，開心也會哭。」

大概因爲說了整夜的話沒有停歇，或者因爲愛哭成性的我流了太多眼淚，我嚷嚷著好渴，所以浩聲帶我來到打工的便利商店，來到冷藏的飲料櫃前抓起了飲料罐，我也選擇了自己平時愛喝的飲料。

冷冰冰的瓶身凍得手指好痛，我幾乎要拿不住，浩聲見狀，瞬間取走了我的飲料，直接擺在收銀台前。他握住了我發冷的雙手，溫柔包覆，像是怎麼樣都不會再輕易放開般。

「說好了，要幸福地手牽著手，永遠都不放開喔！」

太過幸福了。

於是，我們都忽略了愛情路上蔓延如荊棘般的阻擋。

浩聲把我送回租屋處時，已經是隔天早晨。推開門，發現喻琦就坐在客廳沙發上，審視我的冷峻眼眸滿布血絲，徹夜沒睡的樣子。

「終於回來了。」半晌，她開口。

「嗯。」

我邊應答，換上了室內鞋。整晚沒睡已經太累了，不想在這個時候與她正面交鋒。然而，喻琦卻執意挑釁。她站起身來，直接截住我的去路，不讓我回房間。

「他不能喜歡妳，」她攔下我，抬起不可一世的驕傲面容，美麗又霸道，「我說過了，他是我的。」

我轉開臉，「我不知道妳在說什麼。」

「不知道嗎？」她硬生生地將我轉向她，鐵了心地宣示，「那我再說一次，陳浩聲是我的，他是我的！」

我不懂。

眞的弄不明白，她明明不愛他，從來就沒有愛過他，可是爲什麼又不肯放了浩聲，不肯放他自由？

「但是妳不愛他啊。」我急急喊了出來。

「這跟愛不愛有什麼關係？」她淡漠反駁，瞅著我的樣子，好像我是個不解人事的傻瓜，「反正，妳不能跟浩聲在一起。」

「為什麼？」我問。

她仍舊默不作答。

「為什麼？」我哀切，「喻琦，請妳告訴我，你們之間到底發生過什麼？明明浩聲那麼善良，他對妳那麼好，總是照顧妳，可是妳卻要這麼折磨……」

我的苦苦央求起不了任何作用，在喻琦冷若冰霜的眼裡皆是矯情的戲碼。

「我說過，擅自把喜歡的人想得太過美好，受傷的人只會自己吧？」

最後，像是已經到了忍耐的極限，她盯住我，如同刺一樣的目光直釘在我的心上，「所以，是妳逼我的，是妳要我說的。」

「妳就說吧。」我閉上眼睛，接著靜默。

「我提過，很久以前，有一次我惹了麻煩……」

她頓住，然後深吸口氣，緩緩道出，「那個麻煩就是，我在高一那年的暑假，懷孕，墮胎了。」

23

是啊。

是我逼喻琦告訴我的，是我要喻琦說的，但怎麼當她說出的時候，我又完完全全不能接受？怎麼會這樣？

多希望她只是戴著惡魔的面具，要我離開浩聲，所以編織出這些謊言，但是，只稍往回推算喻琦念完高一就辦休學的時間點，以及她認識浩聲和浩聲的哥哥的經過，便能吻合。我不知道自己還該不該懷疑。

只是，沒有人會拿這種事情開玩笑的。

「當年，浩鈞選擇了我的同學，而不是我。浩聲和我同時失戀。太傷心了，所以互相安慰，我們兩個約好要一起蹺課，跑出去瘋狂玩了整天，因爲太晚回家，錯過了最後一班公車所以共宿一晚，那天晚上，喝了很多酒，做了不該做的……

「他不像其他男生會推卸責任，堅持陪我進了診所，那是密醫。

「那個夏天，我休學了，因爲流產手術的關係，我變得很虛弱，必須在家裡休養幾個月。即使現在看起來沒事，但醫生告訴我，就算以後懷孕了，習慣性流產的機率很大，幾乎留不住小孩。

「浩聲為此懊悔不已，他本來就是個仁慈的人，對於造成我終生的傷害，他更自責，所以，在那之後，他根本不敢撇下我去認識新的女生，更何況是交女朋友！

「是妳逼我的，是妳要我說的……」

忘記我是怎麼回到房間的。

開了燈，才發現根本不需要開燈，天亮了，我卻墜落無盡的闇黑深淵，猶如一場冗長夢魘，夢裡面的我一直哭一直哭，心好痛好痛，被狠狠撕裂的疼楚逐漸蔓延開來，再也無法抑止。多想告訴自己這只是噩夢，可是，卻怎麼也醒不過來。

枯坐在床沿，浩聲傳來貼心的簡訊要我好好補眠，說晚一點等我睡飽了再來找我。我不知道該要拿什麼表情面對。

「妳不會這麼自私吧，紫莨？浩聲曾經愧對於我，承受不住良心的譴責，所以直到現在他都無法離開我，妳又怎麼可以和他在一起？

「和浩聲在一起時，妳都不會想到他曾經對我做的事嗎，我們可是肌膚貼著肌膚，他親吻著我的嘴，撫遍我臉頰的和身體。

「陳浩聲是我的，永遠都只能跟我在一起，這是他虧欠我的，而他自己也甘願償還。」

那晚，當他握住我冰冷的手，應許諾言那一刻的真摯面容，還在我的眼底閃著，他那麼堅定地對我說會給我幸福，要一直手牽著手走。

可是，現在我懷疑，幸福，世界上或許根本沒有這種東西。

浩聲又傳了簡訊過來。

「想妳應該睡了吧，所以不打擾妳了，只是想要告訴妳，能夠在一起，真是不可思議的美好，回憶過往，總覺得自己大概是被幸福遺忘了吧，直到昨晚，當牽起妳的手，心臟撲通撲通亂跳，才發現自己又活了過來。晚安，我的睡美人。（這樣會不會太噁心？）」

還能想像他邊傳簡訊的淘氣表情，我最深愛的溫柔眼睛一定笑咪咪的吧，對著手機螢幕良久，我哭著，也笑了。

好無奈喔，浩聲，怎麼辦？

我想，我們兩個都被詛咒了，我們兩個都是……

都是被幸福遺忘的人哪。

天黑了，我沒有開燈。

不知道過了多久，時間像是沒有任何意義般，直到門鈴響起很久，我才緩慢地反應過來，浩聲在簡訊提到，等我睡飽了就要來找我的。

但，我沒有睡啊。所以，可不可以別來找我？

木然地起身、木然地走到玄關、木然地開門，見到浩聲後該要說什麼？我的頭腦像是凝固了，根本無法思考。當浩聲向我開朗地打招呼時，我木然地望著他，彷若他並不是我認識的那個浩聲。

「嘿，我的睡美人。」他樣子帥氣地單手倚靠門邊，顯然是在逗我開心。

只是，抱歉，我笑不出來。

「啊，不好笑嗎？」因爲我的面無表情，他落得尷尬，「睡得好嗎？」

我也說不出話來。

「怎麼了嗎，紫萸？」

終於發現我的異狀了？

沒有，他沒有發現，逕自走進房內，「還沒有睡醒啊？我其實也睡不著耶，想到我們兩個終於能在一起，好幸福地牽著手，就覺得好像做夢喔……」

他逕自傻笑起來，我卻沒有興致再覺得那樣好純真可愛。是的，浩聲，這是一場惡夢，我們，不該在一起的。

我們可是肌膚貼著肌膚，他親吻著我的嘴，撫遍我的臉頰和身體……

喻琦描繪得入骨直接，那樣鉅細靡遺地述說我並不想要知道的過程，話猶在耳邊，聚成了龐大陰影在我心裡揮之不去。她說對了，我無法不想像他們在一起的畫面，心裡時時刻刻都被那些想像盤據著。

「紫萸紫萸，來嘛。」浩聲溫柔喚著我的名字像小孩般撒嬌，他要我坐到他的身邊。

我走過去，警戒性地隔了段距離，坐下。

他主動攬住我，動作有些不自然，當他臉龐湊了過來，靠近我想要親吻，我下意識地推開，「不要，好討厭……」

太用力了，他被我使勁推倒在地，藏在背後的玫瑰也墜到地板上，花瓣落了一地紅。

那是，要送給我的嗎？

瞅著他不能理解的無辜表情，怔怔地，半晌，才默默伸出遲鈍的手，收拾散亂的花束，想要趕緊整理好，重新獻寶般地拿到我面前。

我再也無法隱忍，「別碰我，我不是喻琦，可以任你不負責任地玩弄！」

我說出來了，說出不該說的了，卻再也覆水難收。

他終於聽懂，而我望見的是浩聲受傷的樣子，安靜的，痛楚的。

「紫萸妳……」

最後，我閉上眼，不敢再看他的表情。

年底的時候，連續幾道寒流讓人冷得幾乎不想出門。某天早起，我抬起無聊的視線隨意看著窗外，街上一片空落落的，天空也是蒼白得可以。深冬啊，這樣的寂寥氣息，讓我莫名懷念起夏天。

很久沒有感覺到夏天的香氣了。

那叢茉莉花撲面的香，身邊圍繞著邵強頑皮嬉鬧著。他遞給我蘋果牛奶的甜味，早晨走在上學途中迎面撩起藍色百褶裙的微風，藏匿於心裡的暗戀、還有，那個夏天對未來的憧憬與夢……

這些，都像無法對齊的描圖紙般，一切的一切，與那回不來的過去，一點一滴、一點一滴，悄悄錯開了。

那天，那束被我摔爛的玫瑰花，在浩聲離去後，還是被我拾起了。

捨不得丟，只因爲那是浩聲送給我的。於是就這樣放了幾個星期，原來嬌嫩的鮮紅褪了色，只剩下乾燥枯皺的花瓣。

小良試著約我出去，說要陪我散心踏青，還約我一起去跨年，都被我婉拒了。當然知道他是爲了我好，想要逗我開心，只是，自己再也沒有多餘的力氣應對。因爲避不見面，阿栩學長乾脆直接找上門來關懷。他瞧了一眼桌上的玫瑰花，說我也快要變那個樣子了。

哪有那麼糟？

我懶得開口，但阿栩學長已經接收到我的眼神傳達，他點點頭，意思是說，有，妳就有這麼糟糕。

然後，未經我允許，阿栩學長打開了我的衣櫥隨意抓了件外套，粗魯地爲我套上。

我並不想出門，也算不出來自己到底幾天沒有出門，反正期末將近，醫院實習工作已經告一段落。他卻拎著我，像拎著小雞或是小貓小狗般地把我拎出來。

要去哪裡？

我睨著他，有點不開心他不經我的同意就把我帶出來，卻不想花費力氣抵抗。

他知道我瞪他，拍了拍我的頭頂，理所當然的語氣，「陪我去走走。」

「去哪裡？」知道他刻意帶我出來曬曬久違的冬日陽光，我總算說話。

「近的、遠的，妳自己選。」他笑笑的。

「近的。」笨蛋都知道。

他望著我，狐狸般的狡黠眼神讓我猜不透他到底在想什麼，「確定？」

「確定確定。」我不願意地踱步走。

「好，那我們到浩聲打工的便利商店吧。」

他分明是故意的，我緊急拉住阿栩學長。「遠的，我改變主意了，我選遠的。」

眞的覺得自己被騙了，我盯著阿栩學長過於精明的側臉，有時候聰明還眞不討喜。

還好，阿栩學長很仁慈，沒殘忍到眞的讓我步行。像是早就算好我的決定，將藏在街尾的車子開出來，載我去到他們學校。

我不想下車的，就怕遇見不該遇見的人，可矛盾的是，我想他。

眞的好想好想他。

停好車，阿栩學長看我一臉躊躇還待在車內，忍不住打趣地問：「怕遇見仇家？」

「我不知道你原來這麼幽默。」我淡淡地說，他則可有可無地笑。

總之，他打算帶我漫遊校園，我想起了上次，大家也是這麼興致高昂地逛著高中校園的，如果那天我們沒有錯過校慶，光明正大地進了校園，不用處心積慮地躲校警，是不是，今天也會不一樣了？

阿栩學長安慰地拍拍我的肩，「發生的就已經發生了，再怎麼嘆氣回想都沒用，不是嗎？」

我沒有他那樣的智慧，也沒有那種可以笑看一切的寬宏大量，甚至，我膽小地不敢再正視浩聲一眼，所以至今仍深陷在這樣的苦惱當中，無法自拔。

阿栩學長看出我這樣的困頓，卻不隨便說些安慰的場面話。我默默地感激他此刻的陪伴，並且了解我很需要寧靜。

今天，天氣很好，暖呼呼的冬日曬在身上覺得好舒服。如果陽光能夠穿透，曬進我陰晦的心，我應該就會開朗起來吧，不知怎地，我竟異想天開地這樣想。

沒有和阿栩學長分享這可笑的念頭，當路過籃球場，一群看起來活力十足的男孩們正在進行三對三鬥牛。望向他們，自己就這樣欣羨起來，羨慕那樣的單純美好。

籃球不小心射偏了，滾到阿栩學長腳邊，他拾起，應著球場上的男孩猛招手吆喝，動作迅捷地反投回去了。

突然，阿栩學長想起什麼般地提起，「我和浩聲也是打球的時候認識的喔！」

「嗯？」

「他是我大學學弟，這樣算起來，也認識很久了。」

我們邊走，阿栩學長邊說著，透過他回憶的敘述，我也好像跟著認識了那個時候的浩聲。

「這傢伙一開始被誤認是怪人，因爲身在女生稀少的工科，卻從不熱中聯誼，對外系學妹的示好也不感興趣，大家都懷疑他的性向了。」

不知不覺，距離球場上的喧囂遠了，我們彎入靜謐小徑，踏在陽光透著層層葉縫灑下的滿地燦亮，逕自想像浩聲紅著臉百口莫辯的樣子，那一定很可愛。

頓時，我想著我不曾參與的那些舊時光，又百般無奈地笑了。

好想你，浩聲。

而今，我只能在心上默唸著自己的想念。

阿栩學長接著絮絮說著，「有一次趁他生日，我們精心挑選了個脣紅齒白的小白臉學弟，裸著上半身在他面前大跳豔舞，結果他還噁心到抱著垃圾桶吐呢！都玩成這樣了，大家都還對這傢伙的性向問題抱持存疑的態度，直到……」

說著說著，驀地，他停駐，和煦的目光落在我身上。

「直到有一天，他說，他遇見天使了。」

熟悉的關鍵字，像是一把鑰匙開啓了片段回憶，我憶起了初識時候……

未來的白衣天使！

這世界還有很多人等著被妳拯救呢！

「我那當下的反應是打了他一下，順便問他是不是酒喝太多還沒醒，或是做實驗太投入所以走火入魔了。不過，他竟然沒還手，只擺出一副陷入熱戀的傻模樣。他正經八百地告訴我，他遇見的是個氣餒的天使，所以鼓起勇氣，想要給這個天使一些力量。」

那個時候，浩聲開朗的樣子還深深烙在我的腦海，我眞的好想、好想他。

「什麼天使嘛，大家笑翻了，包括我都覺得他瘋了，想說這小子還眞夢幻。不過，就在幹訓過後，經過全系學會幹部的見證，倒是印證了浩聲的話，是真的。浩聲他真的很在乎妳。」

阿栩學長瞅著我，深不見底的聰穎瞳眸似有更多訴不出的情感。這瞬，風起了，輕輕掠過他略長的劉海，那曖昧的輪廓若隱若現地寫著繾綣眷戀。

「紫萸……」

千言萬語都化作無聲，小小的我們兩個的世界裡，彷彿只剩下我微弱的嘆息。望住那雙充滿祕密的眼睛，阿栩學長說不出口的，剎那間，我都懂了。

只是，我的心裡滿滿都是浩聲，即使不能在一起，我還是無以抑制地喜歡著他啊。

風，抖落了這林間的枯黃葉片，好像下了一陣感傷的即時雨，然後遠去。終究，阿栩學長選擇沉默，讓這陣風帶走他的祕密。

「天要黑了，我們去附近吃個晚餐吧。」整理完情緒，他又恢復了理智的樣子。「妳這幾天沒正常吃飯？瘦得像受虐兒童了。」

我眞想問他，要怎麼樣才能夠做到那樣的程度，將愛戀的心情不露痕跡地藏匿於心裡，默默地守候。

「阿栩學長……」

我還站在原地，目視著他落寞走掉的背影。那背影讓人覺得難過，只是怎麼也無能爲力去安慰。

「嗯？」隔著遠遠的距離，他回首望我。相隔這段不遠不近的安全距離，我並不能看清楚他臉上的表情，只知道那模糊的側臉，心事重重的。

幾分彆扭地想了想，我還是說出口，「謝謝你陪我。」

「妳這個傻紫萸！」

聽得出來，他的語氣裡透著無奈。我搖搖頭，這秒，不知道還能說什麼了。只是，在那之後，他再也隻字不提那些關於曖昧的情愫，我感謝阿栩學長的寬宏包容，謝他從未言明地關心著我，陪在我左右。

一第九話一　若能再坦率一點

寒假，我一直待在集集家裡。

生活退化般地回到沒有浩聲的時候那樣枯燥單調，每天每天就是坐在窗邊發呆。有的時候，手上拿著一本小說想要認眞閱讀，只是，翻了幾頁，思緒卻飛得老遠，我不知道爲什麼，明明跟劇情沒有關聯的那個人哪，我卻總是不知不覺想起他。

其實，他來找過我的。

就在剛放假的某天午後，家裡只有我一個人。那時門鈴響了，我以爲大概是郵差送信來，並不以爲意，直到開啓了門，乍見那個想見卻不能見的熟悉臉龐，我屏息，緊接著心跳驟亂，幾乎難以置信。

浩聲，就站在我家門口，原本精神奕奕的眼睛已經失去光采。他看起來並不比我好受的樣子，就算眞正見著了我，也躊躇著不敢靠近，欲言又止的，不知該從何說起。

我想要關門，不敢讓他撞見我心疼得泛起淚光。他著急了，趕緊伸手攔住。

「不是想要解釋什麼，」他巴望著我的樣子，好可憐，「只是想要看看妳……」

我無助哽咽，躲在門的這邊，未開口，淚早已落下。「看我什麼？」

「我只想要知道妳好不好，這樣而已。」他來到門的這邊，審視著我傷楚的眼睛，「哭了？」

「沒有，沒有哭。」

搖搖頭，卻不知道要怎麼掩飾自己的脆弱。浩聲看著我的表情好認眞，即使不能夠在一起了，他都還這麼關心著我。

「眼睛都紅得像小白兔了，」他伸手，溫柔如昔地要幫我抹去淚水，我則警戒地向後閃躲，讓他落了空。

他頗爲愕然，頓了頓，才緩慢放下僵在空中的手，落得尷尬，「抱歉，我……」

對我，永遠不需要說抱歉，相反的，是我才要抱歉，浩聲。

千言萬語，我說不出來，只能難過看他。

最後，他苦笑，「我們兩個怎麼會變成這樣？」

我不曉得，他也沒個答案，然後，兩個人都陷入無盡緘默。

總之，沒有結論的我們上了車，怕在家門口待久被爸媽撞見，浩聲開著車，問我想去哪裡，我說不上來，所以他繼續往前開。

總是如此，不知不覺就會來到這裡，綠色隧道。

浩聲將車停在林蔭路邊，我卻不想下車，不想破壞在這裡曾經和浩聲擁有過的美好回憶，那個時候，我們沒有在一起，心，卻是相依相繫得那麼靠近。

「不下車嗎？」他問，然後心有所感地自言自語，「這裡，是我們唯一擁有美好回憶的地方。」

原來，他也察覺到了啊。

於是，浩聲默然包容了我的無理要求，離開這裡，漫無目的地駛過集集每條巷弄道路。由於人生地不熟，他也不知道該去哪裡，沒有方向地繞了繞，我很快便覺得要暈車了，下車，發現剛好停在邵平家開的便利商店附近。

「還好嗎？」他跟在我後面，「在附近走走吧。」

這次，我沒說不好。

於是，兩個人肩並著肩走，好幾次，他伸手想要握住我的，而我猶豫著，所以兩人的手好幾次來回交錯，落空……

曾經，說好要手牽著手不放開的啊，至今想來，都是不能成眞的約定了。

浩聲他，是喻琦的。

午後天色漸漸變暗，最後下起滂沱大雨。路上行人紛紛躲到附近騎樓，浩聲不假思索地牽起我，就像我們還沒有在一起那時候，當我迷失在花花草草的園藝店裡，他也曾經這樣牽著我的手，帶我走。

多希望這雨不要停，或許他就能這麼帶著我走下去……

終究，回到車上，短暫牽在一起的手還是鬆開了，浩聲把我送回我家。

他陪我走到門口，直到我要關上沉重鐵門，他還是遲遲不肯上車，過了好久才開口。

「紫萸，我們兩個，眞的不能在一起了嗎？」

雨淅瀝淅瀝地逐漸加大，像是要將全世界淹沒般。然而，他的話，在雨中卻仍那麼清楚啊。

我閉上眼，不再看他。

「紫萸……」

他喚我的名字時含著萬般無奈，把我的心都擰得狠狠發疼。而我，我卻不能夠再多看他一眼，只稍再回頭，我就會忍不住回到他身邊。

良久，就算引頸盼望，卻怎麼也等不到我的回應，浩聲已經知道我給的答案。

他轉身，沒有說再見，頹然地走。

目送浩聲愈走愈遠，最後看他上了車，直到車子駛出街尾，再也看不見，我才眞正死心，鎖上鐵門，終於，很沒用地放聲痛哭。

爲什麼我剛剛不留住他……

爲什麼我說不出來，我還是喜歡他……

爲什麼爲什麼爲什麼……

再怎麼後悔，浩聲也不會回來了吧，而我卻只能坐在這裡懊悔不已。

這個時候，門鈴又響起，我因此重新燃起希望，這次，一定要誠實說出自己的心情，無論如何！

「浩聲，我喜歡你，好喜歡你，不論喻琦要拿我們怎麼辦，我都只想要和你一起……」

像之前那樣一起坐在便利商店裡談心，每次遇到小哈，你都會跳出來解圍，還有、還有，你送給我的飲料拉環我還留著……

我們，再在一起吧？

奮力開了門，卻發現，像被惡作劇般捉弄似的，不是我所期待的人。

邵平站在門外，對我過於迅速開門的動作感到詫異。

不，不是浩聲。

頓時，心碎了一地。而我的答案，他再也聽不見。

「下午看到你們在一起，不是很開心的樣子，吵架了？」邵平跛著腳步進門。

我則悵然若失。他走了，也攜走我某部分的靈魂，浩聲終究還是走了，我的生命因此不再完整。

「紫萸？」邵平在我眼前晃晃手，我卻遲遲沒有反應過來。

可以不要反應過來嗎？好像現在我回神了，就等於我承認浩聲走了，不會再回來了……

「紫萸？紫萸？」見我放空的樣子，邵平滿臉擔憂，開始動手試圖搖著我的肩膀，要我回話。「妳還好嗎？」

「我……」

終於，擠出一絲氣力，好不容易讓煥散的視線重新聚焦在面前邵平的身上。

努力吸著鼻子，少了浩聲，連空氣都變得好稀薄。「他走了。」

邵平試著理解，「妳是說，那個陳浩聲嗎？他回去了嗎？」

點點頭。

邵平，你幫我追他回來好不好？你幫我跟他說，說我其實還是好想和他在一起的，好不好？好不好？

我說不出來，所以邵平還待在我身邊，一直待著。

雨，持續下著，像我的眼淚，止不住。

等不到天晴，於是我拿了把傘，要送邵平回去。一路上，他拚命討好般地連說了幾個笑話，因爲問不出來到底發生什麼事，所以他不問了，改說很多冷笑話，甚至擠眉弄眼好努力擺了幾個誇張鬼臉，我還是無動於衷。

「這麼傷心的樣子，妳，一定很喜歡他吧？」

最後，他近乎放棄，終於靜下來，淡淡地問：「爲了一個根本不在乎妳的人哭成這樣，值得嗎？」

我們兩個，真的不能在一起了嗎？

浩聲哀傷的眸子仍倒映在我淚濕的眼眶裡，他那麼問的時候，我卻狠心地默不作答。浩聲不會是根本不在乎我的人，或許，在他心中，反而認爲我才是不在乎的那個。

邵平不懂，所以妄自接話，「還以爲那傢伙有多好，結果還不是惹妳哭？既然這樣，我還寧願妳喜歡的人是我哥。」

話說到這裡倏地打住，他停了幾秒，才自覺說錯話了，「即使，他已經不在了。」

他沒再說話，因爲提起了不該提起的。

至今，邵強的死仍是邵家不能碰觸的痛處，那像是永不癒合的傷口般，只稍回憶起來，就會感到撕裂一樣的疼楚，即便地震已經過了很久很久，倒塌的樓房和學校都已經重建得美輪美奐，看不出曾經的殘破，然而，逝去的人，他卻怎麼樣都回不來了啊。

我們就這樣保持著緘默，一路走回邵平家開的便利商店巷口。眼見就要到了，他駐足，欲言又止地猶豫著，「紫萸，我……」

很多事情，總難啓口，我抬眼，望見他堆滿心事的複雜表情，然後，邵平一個蹣跚步伐靠近，粗魯地握住我的臉龐，想要吻我。

「不要！」驚嚇之餘，我抗拒地躲開了。

用力抹過嘴邊他親吻到的肌膚，我猛然退了好大一步。喘息間，感覺像受了委屈，眼淚從眼眶重重跌出，不懂爲什麼他要這樣。

「覺得，很噁心嗎？」

邵平像變了個人似的暴躁，以前那個開朗可愛的小男孩彷彿從來就不是他，也或許，因爲對我感到抱歉所以惱羞成怒。

「爲什麼我不能夠代替他？就因爲他是爲了救我才死掉，所以我就要一輩子活在他的陰影底下嗎？」邵平憤憤的怒火難息，轉身，積怨已久般地揮拳搥向水泥牆。

「不是的！不是的！」我哭著拉住邵平，用自己的手掌去包覆他的，阻止他繼續自我傷害，再也無能爲力解釋，嘴角，因爲抹得太用力，尙在微微發出熱痛，而那樣的痛，卻遠遠不及邵平滲血的手傷，以及，他被命運狠狠捉弄的創傷。

眞的不是這樣的，邵平……

「你這個渾小子！」

邵伯伯遠遠看見，氣急敗壞地趕了過來，他站在邵平面前，高高舉起右手作勢一巴掌就要猛然落下。邵平閉眼，沉默而倔強地側過臉龐準備挨打。

邵伯伯卻停住了。

邵平有些訝異地睜眼，那瞬間，映入眼底的，盡是他父親痛心欲絕的表情，那張布滿皺紋蒼老的臉，遏止不了思念邵強的眼淚，「看看你現在這個樣子，對得起你哥嗎？」

語畢，他們都安靜了。

「老邵啊，這……」

邵媽媽見狀也跟出來了，她來到我的身邊，幽幽嘆息，良久，卻不知道再怎麼撫慰被上天無情捉弄的家人，最後，轉向我，喋喋不休重複著讓每個人都心疼的抱歉。

「對不住啊，紫萸，眞是對不住啊……」

雨，沒有停。

儘管帶著傘，我還是淋得濕透。回到家後，沒有人發現我哭過的臉龐，我在媽媽催促聲下，進了房間，換上乾淨衣服。

「紫茵，怎麼淋得全身濕呢，快，快去換衣服，免得著涼了！」

躲回房間，換好衣服，再也沒有多餘思考的力氣，將自己拋入被窩裡，心想著，如果能夠睡著，最好一覺不起，再也不要醒過來，就能什麼事情都不要面對了。

明明知道不該有這種膽怯的想法，無論怎麼消極逃避都是於事無補，思緒卻停不下來。

「紫茵，我們兩個，真的不能在一起了嗎？」

「為什麼我不能夠代替他？就因為他是為了救我才死掉的，所以我就要一輩子活在他的陰影底下嗎？」

「對不住啊，紫茵，真是對不住啊……」

閉上雙眼，今天的種種情景橫過腦海，霸道佔據我全部思緒。浩聲瞅著我那樣痛心疾首的眼神，他說不出的無奈，邵平強吻我的那片刻，他憤憤不平的憤怒，邵伯伯那張布滿皺紋蒼老的臉，遏止不了思念邵強的眼淚，那一家人被命運捉弄的深刻悲哀。他們個個都在在糾纏著我，讓我不能安睡，翻來覆去，輾轉反側。

「紫萸？」

不知道被困在這樣淺眠的噩夢裡多久，直到媽媽來敲門，我迷糊地坐起身來，發現早就超過晚餐時間，已經深夜時分了。

「看妳睡得正熟，就沒有叫妳起床了。」媽媽進門，端著香噴噴的麵湯，「來，給妳當消夜的，趁熱吃呀。」

我睡著了啊。

怎麼沒有一覺不起呢？

醒了，臉龐還掛著淚。媽媽陪坐在床邊，端詳著我慢吞吞吃麵的樣子，半晌，「好久沒有這麼看妳，突然發現，我們家女兒長大啦，長得眞漂亮呢。」

我抬眼，媽媽慈愛的視線並未移開，她伸手，溫柔撫平我深鎖的眉宇。

「看，這雙漂亮的眼睛，標緻的鼻子和可愛的嘴巴，皮膚也是這樣白嫩的，將來誰娶到我們家女兒，那眞是他的福氣呢！」

其實，我一點也不漂亮的。我明明是那種很容易被忽略掉的長相，並不出色，頂多只是清秀而已，卻被媽媽形容得仿若擁有傾國傾城的容貌。

我沒轍地，「媽……」

「本來就是嘛。」媽媽倒是理直氣壯，「媽媽覺得女兒漂亮是天經地義的。妳啊，在我眼中就是全世界最漂亮的女孩子，心地好，又善良，從小就最懂得體恤別人。什麼都好啊，可就是死心眼，固執得要命……」

說到這裡，她停頓下來。無需再開口，我也知道媽媽想要說的。說很多次了，要我放寬心，希望我變回國中時候那樣的開朗，可這次似乎有些不同。

「我眞擔心，這樣的妳，在外面受委屈了，又不會爲自己伸張，只是隱忍……」

媽媽是不是都看出來了？我低下頭，頓時不知道該怎麼反應。

「傻女兒，哪有媽媽不懂女兒的心思呢？」她不明說，也不說破，只是心疼得將我攬入懷裡，好像我還是個襁褓中的孩子般，輕拍著我的肩頭。那樣的慢節奏，一聲一響的，逐漸與我的心跳同調，安撫了我雜亂無章的情緒。

「如果將來有誰欺負我們家寶貝，媽媽一定……」

大概是發現自己說得過於義憤塡膺，媽媽看見我目不轉睛盯著她的臉龐，趕緊轉而改口，「媽媽一定拿著鍋鏟去找他算帳！」

我忍不住，噗哧笑了出來。

「喂，別小看鍋鏟，不鏽鋼做的鍋鏟也是很堅固的，那可是很有用的武器呢！」

「媽……」

竄到媽媽懷裡，早就想不起來自己有多久沒這樣和媽媽撒嬌了，總是認爲自己已經長大，並不能有太多兒時那樣的親暱擁抱，卻忘記了在父母眼中，孩子永遠是孩子啊。

依偎著媽媽，她身上總有一股讓我心神安寧的淡淡香味，好像回到小時候，媽媽哄著我入睡的每個夜晚，這個香味總伴我進夢鄉。

「一切的一切都好複雜喔，好想什麼都不要煩惱，好想回到小時候喔，媽媽。」喃喃著，有些埋怨。自己這時候眞像個耍任性的小孩吧。

我懵懂問著，「爲什麼沒有人告訴我們，人生會這麼辛苦呢？」

媽媽摸摸我的頭，彷彿我還只是個不解人事的稚嫩嬰孩，儘管我嘟噥著，依舊將我攬得緊緊的，毫無條件地接受與包容，「傻女兒，生活從來就不容易啊。小時候，會有一堆人告訴我們該怎麼做、做些什麼，老師啊、教官啊、爸爸媽媽哥哥姊姊啊，囉囉嗦嗦的，或是很嚴格規定我們。可是長大後，這些人不再能多教妳什麼，即便是爸媽也一樣，我們只能建議妳怎麼做，卻再也不能左右妳的每個選擇和決定，因爲，人生是自己的，那是掌握在妳自己手心裡的。

「妳問我，該怎麼辦呢，我沒有辦法回答妳，只能告訴妳，加油，媽媽是妳永遠的啦啦隊，是妳背後永不打烊的應援團，就這樣而已。」

頓時，我的眼眶濕了，原來，自己還有個這麼忠實的啦啦隊、應援團，永遠爲我守候著，全年無休地爲我打氣加油呢！

「對了，眞的不打算告訴媽媽，是哪家壞蛋欺負我們家寶貝？」

原來，媽媽眞的早就看出來了，對吧？

「媽，我……」

猶豫片刻，我還是沉默了。

要怎麼說？

根本沒有人欺負我啊，媽媽。

因爲說不出口，於是，話哽著，而痛，埋在心底。

27

翌日清晨，睡不好的關係，我很早就醒了。

下樓，望見已經換裝，穿著厚重外套正要出門的媽媽，一副蓄勢待發的模樣，不懂，才大清早的怎麼就這麼精神振奮。

媽媽一見是我，立刻將我叫了過去。

「走，陪媽媽去菜市場找我有沒有更有殺氣的鍋鏟，我發現現在這個有點舊了，要抄傢伙找負心漢算帳的話，我這歐巴桑可不能輸！」

聽到媽媽連「抄傢伙」這樣的字眼都脫口而出，眞不知道是從哪部灑狗血的八點檔學來的。

還睡眼惺忪地愣著，媽媽已經拿好我的大衣要我套上，隨即遞上了我的安全帽。

「出發！」她邊發號司令，一邊猛地催動機車油門。

市場離我們家算近，只需五分鐘的車程。冬日晨間的風，冷冷地直往我臉上撲，下車的時候比在家時清醒多了。

於是，才下車，我趕緊阻止，「媽，其實眞的沒有必要爲了我買新的武器……」媽媽殺氣騰騰的眼神望過來，這才改口，「鍋鏟，是鍋鏟，不鏽鋼的。」

媽媽滿意了我的答案，笑了笑，牽著我的手走，眨眼間，又從士氣高昂的戰士變身回到溫柔慈愛的母親角色，她沒有正面回答我的問題，倒是眼睛骨碌碌地忙著搜尋路邊攤子上的菜色與漁貨。

「今天想吃什麼呢？」她問著，有些像是自言自語地接著，「紫萸最近瘦了些，要好好補一補。」

這瞬，我才懂的。

根本沒有要買鍋鏟的，對吧？

沒有來由地，突然一陣鼻酸，不敢讓媽媽發現，只是，牽著她的手更緊了些。

好半晌沒有交談，或許媽媽察覺了我不小心滴落在她手背的淚珠，抑或媽媽正過於專注想著今天該煮些什麼菜。我們走在擁擠人潮的小路，偶爾，有些漫不經心的大嬸粗魯地與我擦身，媽媽都像護著小雞般地帶我避開了。

市場是很奇妙的場合，明明該是清靜的早晨，這裡卻沒有這回事般地熙熙攘攘，到處充斥著賣魚賣菜賣水果賣鍋碗瓢盆的叫聲。

「林紫萸！」

就在我幾乎要聽不見媽媽問我想不想喝苦瓜雞湯之際，驀地，一個叫喚聲竄進我的耳畔，精神爽朗地喊著我的全名，總是這麼自信的樣子，接著，我回頭……

「怎麼了？」媽媽也因爲我的止步，停了下來。

注視著那個熟悉卻又不像我記憶中那般稚嫩的漂亮面孔，我喃喃地說出她的名字，「如閑？」

「好巧！」她顯得很興奮，美麗依舊的眼睛不住打量著我，畢竟，真的好久不見。

好久不見了啊……

國中畢業後，我就很少再和以前的同學聯絡，上次同學會也已經是幾年前了。日復一日，就這樣和每個人都斷了往來，即使明明是曾經那麼有交集的要好同學，即使，是明明就住在相隔不遠的街道上，卻……

「我陪媽媽來買菜。」大概眞的太久沒有見面，生疏了，我連話都說不好。

如閑倒不怎麼在意，自顧自地聊起來，「哇，妳都沒有什麼變耶！感覺跟國中時候一樣，對了，交男朋友了嗎？之前說要幫妳介紹男朋友，妳都不要……」

「馬麻……」我這才注意到如閑旁邊有個小孩，眼睛圓圓的，長得相當惹人疼愛。他扯扯如閑的衣角，開始不耐煩起來，要人抱。

「這是？」

「我家老大，」如閑抱起小男孩，「肚子的是第二胎囉。」

「哎呀，好可愛的小朋友喔，我抱抱！」媽媽沒有打擾我們，她接過小男孩，在旁邊逗起他來。

小男孩在媽媽懷裡玩耍的樣子眞的好可愛，我投以欣羨目光，由衷說道，「如閑當媽媽了呢，小朋友又健康又可愛的，好幸福啊。」

「哪有，我太早婚了啦，比起同年齡的人，我少玩了好幾年，想想，眞不划算！」

於是，就這樣，如閑說起了她這幾年的生活變化，國中畢業後考上高職，因爲認識了據說是當年超帥的學長，談了戀愛、很快地有了孩子，便不再繼續念書，婚後，儼然轉變成大人，白天在自家開的餐館幫忙，晚上則要照顧孩子。

「對了，妳和沈君簡還有聯絡嗎？」

沒等我回答，似乎我的答案也不是那麼重要，如閑絮絮說著，「她不久前來過我們家餐館吃飯，還帶了個外國男朋友回來呢，兩個人看起來好甜蜜……」

聽起來，君簡好像過得很幸福呢。

這些年來，因為一直聯絡不上君簡，心底也總是掛念著，此刻，知道她一切安好，我也才能寬心，原來緊鬱已久的思緒也慢慢紓解。

只聊了一下，如閑的小孩已經按捺不住，吵著要找媽媽。如閑動作俐落地抱回小男孩，要他自己走路。離開之前，如閑還悉心吩咐，要我記得改天到她家餐館吃個飯，順便給我君簡在國外的聯絡方式。

「看來，妳的同學們都過得很幸福快樂呢，眞是太好了！」

陪我目送如閑，媽媽將我的手挽起，繼續我們未完成的買菜任務。而我，心思早已遺留在方才與如閑巧遇的那片刻，滿腦子都是君簡，想她長大後會是什麼模樣，還繼續畫畫嗎？

回到家，我迫切地奔上樓，小心翼翼打開從不輕易開啓的最後一排抽屜，裡面安靜躺著的是國中時期的歷史課本，而我們，都早已過了那樣的青澀年紀。

那是邵強留下來的。

再次翻閱，寫滿暗戀與煩惱的原子筆字跡還非常鮮明，一下子，回憶狂湧，彷若昨日。

天啊，這是什麼鳥班級，班上有個超級機車的導師就算了，怎麼連同學都看起來呆呆的，每個都長得一副乖寶寶臉呀？看來我的國三生涯真的沒什麼搞頭了。

天啊、天啊……

其實，好像也不是這麼無趣的嘛，昨天和阿軒一起去學校做教室布置，發現那個學藝股長真的很可愛耶。

咦，忽然發現這本課本好像都要變成我的週記了，哈哈，不過，最近真的有點鬱卒，我想，喜歡一個人的感覺是不是就是這樣呀？

天啊，我喜歡沈君簡，想到還真是亂害羞一把的

沈君簡，我喜歡妳，很喜歡、很喜歡。

沈君簡，我喜歡妳，真的很喜歡妳，這一次是最後一次我對妳說了，因為沒有辦法親口說出來，所以寫在書上，這本課本的心情週記日期，即將停在今天，一九九九年九月二十一日。

讀著讀著，總會讀到最後一頁，就是邵強生命終止的那天。我笑著哭著，萬般不捨，終究也該要懂得放開，或許，早該這麼做了。

我幾乎是不加思索地抱著課本衝出樓下家門，馬不停蹄地直奔如閑剛剛巧遇時對我交代的餐館。

「我們還沒開始營業喔……」

如閑低頭邊挑著菜，才開口出聲，一抬眼，滿臉訝異著我再次的現身，而我，我已經喘不過氣來了。

「請……請給我君簡的地址！」

並不拖泥帶水的，像是早決定好要這麼做，我寫了封信，附上那本留在我身邊已久的課本，給我最要好的朋友，君簡。

嗨，邵強，知道嗎？

相隔這麼多年，我終於，幫你如願，將你的心情交到君簡手上了。

當晚，我在夢裡，告訴他。

「聽說，君簡過得很幸福，那，身在天空很近的城市的你呢？」

你，好嗎？

這些年來，我一直想問。

他不回答，只是好開心地嘻嘻笑著，像國中那時調皮地跳著跑著，我追不到他，追不到他，他卻要我別再繼續追了……

別再繼續追逐下去了。

「謝謝妳，紫萸。」相距了好大段距離，他說。「拜拜。」

那是我最後一次夢見他。

邵強，拜拜。

我笑著，對他道別。

第十話　像是被溫柔滿溢

28

寄出要給君簡的包裹後，沒有多久，寒假結束了。

回到台中，擦身而過的幾乎都是纏綣相擁的戀人們。這路上，只有我一個人形單影隻的。

聽說，今天是情人節。

「買花、買花喔，有情人的送情人，沒情人的送自己。小姐，買花嗎？」

偶爾，也有不識相的小販朝我推銷。低頭，迎來玫瑰淡淡香氣，望見滿籃子的花色與那時候浩聲送我的一樣，頓時，像溺了水般，浸在回憶裡。

對於浩聲，我沒有辦法像阿栩學長說的那樣寬容豁達，所以，至今還深深陷在泥沼般的困擾當中，無法自拔。

於是，情人節對現在的我而言，意義變得好可笑。

走著走著，沒有別的地方可以逗留，終究還是回到初識浩聲的那間便利商店。

那麼，加油喲，白衣天使！

未來的白衣天使，這世界還有很多人等著被妳拯救呢！

眼淚濕了臉龐，模糊了我的視線，就這樣跌跌撞撞地進入商店，心想著或許來到這裡，一切的一切就能重來。

「歡迎光臨！」瞬間，陌生的聲音，粉碎了我的奢望。

他不在。

是啊，他不在，浩聲不在，而我，還在冀望什麼呢？

商店內陳列的情人節商品專櫃上，琳瑯滿目的巧克力以及相關產品，看起來好刺眼，轉身，旁邊又是個好大的心型留言板，上面寫著各種愛戀心情，有的人告白，有的人則是發表愛的宣言。

「這是我們店裡才有的活動喔，」店員熱情地對我講解，「要不要寫張紙條給喜歡的對象呢？」

我凝視著那個留言板，再沒有多餘的力氣拒絕，接受了店員遞來的紙卡和筆，寫下這秒的心情。

什麼時候才能夠雲淡風輕地告訴你，嘿，當年，我喜歡你！

浩聲，好喜歡你。

這樣眞實的心情，最後，我決定藏匿在心裡。

才要把寫好的紙卡掛上，笨拙的我卻怎麼也搆不著邊。登時，有人好心接手，順利幫我掛上留言板，我轉身，發現是阿栩學長。

「嘿，我喜歡妳喔。」他燦然笑著，「如果現在我跟妳告白的話，會被妳拒絕嗎？」

我被弄得不知如何是好，低頭，忍住了哽咽，卻，淚拚命落下。

「阿栩學長，我……」

不等我回答，他已經攫住我的手臂，猛地，將我攬進他的懷裡。

難道，眞的該要放棄浩聲嗎？

我不想去想，更不敢去想。

「帶我走，」埋在阿栩學長的胸膛，我虛弱求救般，「帶我離開這裡。」

就這樣，上了阿栩學長的車，漫無目的地行駛了好一段距離，他打破沉默，「要去哪裡？」

我看膩窗外那些熟悉風景，「要去沒有煩惱的地方。」

其實，我也知道不可能有這樣的地方的，所以，我不知道阿栩學長究竟會帶我到哪裡去。

「……六福村？」

我在車上昏昏沉沉睡了一會兒醒來，我們已經置身大型遊樂園的停車場。

「下車吧。」他如是說。

好不搭調的組合，遊樂園與阿栩學長。

太久沒有來到這種地方，我顯得傻呼呼的，只愣在原地。阿栩學長倒是反應很快，買票、查看遊樂園地圖，在我不知所措之際通通一手包辦。

而且，我的頭上……

「這是什麼東西啊？」

阿栩學長趁我上廁所的空檔，不知道從哪裡弄來玩偶造型帽，毫不客氣地套在我頭頂。

「聽說是六福村的吉祥物。」

「我才不要，戴這個猴子帽子好像小朋友喔！」

「人家有名字的，叫做哈妮，還是，」阿栩學長從背後又摸出一頂，「妳想要當哈比？」

「哈比？」哈比書套我聽過，但是這個哈比猴我實在……

我被阿栩學長惹得無言，眼見他順順頭髮，一鼓作氣地將俊秀的劉海撥開，戴上那頂可笑的猴子帽，才遲鈍地了解，他會這麼做，純粹是要讓我開心的。

「走吧，今天一定要每個器材都玩過了才可以帶妳回家！」

我感激地笑了。

「好久沒有來遊樂園了呢，」不讓他望見自己不慎滲出眼角的脆弱，於是，快步跟上。「啊，我要玩大怒神！」

這天，我們眞的就繞遍了六福村整座園區，先是大怒神，再來是海盜船、笑傲飛鷹、風火輪，最後是U型滑軌懸吊式雲霄飛車，不要命似地玩完了全部設施，全身骨頭都快要散開了，阿栩學長還好堅持要坐上遊園車，逛完野生動物區。

一直以爲阿栩學長是那種超級成熟的大人，我大呼，「從來都不曉得原來你是這種瘋狂的人耶！」

「這樣才値回票價啊！」

他對我溫柔笑著，不知道爲什麼，我突然懂了，或許，只是因爲是要陪我的關係。阿栩學長眞的不是那種瘋狂的人，只是單純爲了要陪我，特地爲了陪我而已。

瘋狂放肆玩了整天，回到台中已經夜深。阿栩學長停好車，陪我走到宿舍門口，遠遠地，就能望見有個落了單的身影倚著牆角，那是浩聲。

好像已經等待很久的樣子，因爲夜裡冷的關係，他縮著身體。我佇足，停在他面前，他才慢慢抬眼，與我的眼神對上。

浩聲他……

是在等我的嗎？

在這麼冷的夜裡，等很久了嗎？

我難過地看他，屏息，心疼得說不出話來。

而浩聲，瞅著我，也同樣不發一語。

然後，是我先移開眼神的，他站起身，望見與我同行的阿栩學長，沒有太多驚訝，只是斂起了最後的眷戀，像是懂了我的選擇般，緩慢地，轉身，踉蹌離去。

對不起。

眞的很抱歉，浩聲。

我，好喜歡你。

「不去追他嗎？」阿栩學長在我的背後問道。

半晌，見我沒有回答，他再問：「不用去向他解釋？」

這次，我轉向阿栩學長，語氣堅定。「沒有什麼好解釋的。」

因爲解釋也無用。

他害喻琦懷孕墮胎，對身體造成了永久的傷害，就該要好好專心照顧她。如同她所說的，那是浩聲欠她的。

然而，我沒有說，我怎麼能夠對阿栩學長說出這件讓喻琦這麼受傷的事情？

所以，我們都沉默了。

29

開學後，喻琦傳了簡訊，告知她打算搬離跟我同租的小公寓。

原以爲，在那一夜之後，我大概再也沒有什麼機會可以遇見浩聲，然而，事情卻不是這麼發展的。

喻琦出了一場車禍。

傷勢並不算嚴重，只是腿部的擦傷以及左踝的扭傷，使她的生活起居有了困難，於是原先要搬家的計畫也只能跟著暫緩。

再看到浩聲的時候，他正在幫她換藥。

喻琦坐在沙發上，受傷的樣子看來楚楚可憐。我剛從學校下課回來，撞見這一幕，再怎麼鐵石心腸也都軟化了。

接過浩聲不知道該怎麼著手的繃帶，我開口，「我來吧。」

「喔，好。」他先避開了我的眼神，客氣地挪出空間，在旁邊發起呆。

心，沒來由地揪著。

我們之間，怎麼會變得如此陌生？

看我們各自緘默著，喻琦倒是開口，可憐兮兮的，「紫萸，妳還在生我的氣？」

「沒有，別想太多，妳受傷了，要多休息，」望著她含淚的美麗眼睛，我輕嘆了一口氣，「浩聲會好好照顧妳的。」

「嗯，我知道，他一直都在我身邊啊。」說到浩聲，喻琦才甜甜笑了，而我，卻因爲這樣脫口而出的話語，心，狠狠作痛。

當下，我想要逃，趕緊固定好繃帶，站起身來，「好了，我先回房間。」

「等一下，」喻琦卻不放過地叫住了我。

「還有什麼事嗎？」我沒有回頭。

「紫萸，妳說得對，我決定放棄阿栩學長，」我回過頭來，迎上了喻琦的眼神，那麼漂亮的眼睛，而我卻怎麼也看不懂她此刻的心情，「既然他喜歡的人是妳，你們就在一起吧。」

頓時我不知道該說什麼，是要依著她的話應許，還是該要反駁？望向浩聲，那好看的眉宇只是靜靜蹙著，他緘默著，像是妥協了、認同了。

「我知道了，」最後，艱難地，我違背心意地說著，「那麼，也祝福妳和浩聲。」

是的，祝福你，浩聲。

我真的決定放棄了。

在那之後，阿栩學長來找我的次數逐漸頻繁，大概不忍見我總是無精打采，振作不起來的樣子，某天，提出了在畢業後和他一起出國念書的建議。他知道我對護理工作的執著，找到一間頗具知名度的學院，上網把資料蒐集齊全，一併遞給我看。

「我阿姨嫁到美國，在波士頓，過去之後，可以寄住在我阿姨家。」

我無好無不好地接收資料，沒有心思想得太多太遠，回到家，隨手把資料放在客廳，後來，當我幾乎要淡忘這項提議，是爸爸發現了這袋資料，主動問起我。

「妳打算出國念書？」

看見爸爸手中的學校資料，我才遲鈍地想到自己至今尚未給阿栩學長一個答覆，「那個是……」

「以前不覺得妳是個愛念書的孩子，上了護專後，卻像轉性了一樣，成績一直維持得很好。看妳到醫院實習的這一年，就連回到家，也是課本不離手地猛讀書，」

爸爸沒聽我說完，只是拿起資料翻了翻，最後，定睛瞧著我，「爸爸就在想，或許，讓妳出國去留學也是個不錯的選擇。一來，妳可以繼續念書，二來，也該讓妳到不同的環境生活，學著獨立，看會不會變得比較外向一點。」

於是，原本只是提議的想法，在爸爸順水推舟的贊同下逐漸成形。因爲申請的時間緊迫，加上又是臨時的決定，阿栩學長在這方面幫了不少忙。

假日時，他會陪著我和爸媽討論出國後的細節安排，先上語言學校，適應環境，然後，到當地再申請就讀和他同校的學院。

一開始，媽媽還很質疑，不過，隨著爸爸的認同與阿栩學長細心的說明，她只能努力放下對我的不捨，慢慢接受讓我到國外念書的安排。

只是，每當阿栩學長解釋起較繁複的申請手續，我都安安靜靜的，有時候聆聽，也有時候想著自己的事情，不怎麼重要的事情。

媽媽發現了我的靜默，有一次，在送走阿栩學長後，問道，「這是妳想要的嗎？」

而我回答不出來。

比起有些人嚮往國外留學，我眞的沒有那種雄心壯志，只是，只是我……

「我想要的，總是得不到，那麼，就順著我從沒想要的吧，也只能這樣了。」

對於我的任性，媽媽一貫地包容了。

「如果這是妳的決定，爸爸也同樣認爲這個安排是對妳好的，那麼，媽媽支持妳。」

護專的最後一個學期，時間過得比想像中快。

結束了磨人的期中考，我開始收拾放在台中的衣物，一方面是因爲就要出國念書的關係，一方面也是接下來的課比較少了，可以通車往返，不一定要住在台中。

尋常午後，剛剛下過春雨，我才把厚重的毛衣疊好，喻琦出現在我房間門口，站立著，先前的腳傷看起來恢復得不錯。

「在整理要搬回去的東西了？」她杵在門邊。

「嗯。」

「是因爲畢業就要直接出國，所以才趕著打包的嗎？」

喻琦都知道了？我望向她，沒有說話。

「嗯。」輕輕點頭，也不知道接下去該說些什麼。

「是小良告訴我的。」喻琦觀察著我的表情，「他說，妳已經決定要和阿栩學長一起去波士頓念書，是眞的嗎？」

見我默不作答，擔心我會不悅，她接著解釋，「小良嚷嚷著要浩聲勸妳不要走，他很捨不得，還一直叫我一定要想辦法留住妳。」

所以，浩聲也知道了？

許久，她終於問出口，「妳會要走，是因爲浩聲和我的關係嗎？」

這，才是她眞正想要問的吧？

而我，我答不出來。

她看懂了我的沉默爲何，平靜的語氣幾分哀切，「妳，恨我嗎？」

我瞅著那雙泛著傷楚湖水的美麗眼睛，爲什麼還不開心，不是已經和浩聲一起了嗎？

「別哭，」我禁不住歎息，「我不恨妳。」

「別那麼大方，妳就恨我吧，」頓時，淚水爬滿她的臉龐，「因爲失去過，所以我知道那種被丟下，什麼都沒有的痛苦，我再也不要過那種日子、受那種苦，即使是欺騙妳，絆住了陳浩聲，我都要緊緊抓牢他。」

「欺騙？」我重複一次她的話，不解。「騙我什麼？」

她卻沒有再開口，匆匆離開我的房間。臨別前的眼神短暫交會，我看見那雙充滿祕密的眼眸滿是懊悔，卻不容她回頭。

然而，到最後，她還是選擇了沉默，所以，我不知道她究竟欺騙了我什麼。

當天稍晚，回到集集，是邵平到車站來接我的。

一見到我，邵平原本侷促不安的面容立即堆起俊朗笑意，大動作地招手，「紫萸，我在這裡！」

因爲家人都還在上班，所以聯絡了邵平來幫忙。帶我拎著大包小包的行李上車，繫好安全帶，他才放心地喃喃，「還好，本來以爲上次之後妳就不會再理我了呢。」

「怎麼會，」我給了他一枚足以寬心的微笑，「邵平是弟弟，沒有人會和自己的弟弟生氣的。」

他倒幾許落寞，「是弟弟啊……」

沒聊幾句，很快的，當車子轉入巷口，就要到家了。

「對了，」突然想到什麼似的，我用稀鬆平常的語氣提起，「畢業後我就會到美國念書了。」

「什麼？」原本專心倒車的邵平轉頭過來，「我怎麼都沒聽說？」

「現在不就告訴你了嗎？」

「話是沒錯，」邵平不能接受的表情還是好訝異，眼睛睜得大大的，「可是……」

我下了車，他急急跛著腳步跟在後頭，亦步亦趨地追問：「是不是因爲我上次對妳做了那樣不禮貌的事，所以妳才要走的？」

我止住步伐，回頭看他，頓時，像看見了他哥。

不過，至今想起邵強，心已經被撫平了，不再疼了。

我欣慰地笑了，「才不是呢，都說了不會對你生氣的啊。」

「那……爲什麼呢？」

他還是一臉沮喪，「美國，很遠耶，老爸那麼小氣，不知道我要工作多久，才能存到錢買機票飛去找妳。」

說著說著，他沒有預警地拉住我。因爲有了前車之鑑的關係，我本能反應地狠敲了他一記，「幹麼？」

「喂，妳才要幹麼呢？」他抱頭哀嚎，「只是想叫妳不要走嘛。」

摸摸他的頭，想起第一次見到邵平時，他也不過是個小男孩而已，而今，已經是個大男生了呢。

望著身高早就遠遠超越我的他，今年也該是上大學的年紀了，「不用來找我啦，希望你好好計畫未來，繼承家業沒有不好，只是，你還很年輕，應該趁現在做些更有意義的事情，邵強來不及長大就離開了，我想，他一定會要你連同他的分活得精采的！」

「如果……」

被我說服的樣子，邵平吸吸鼻子，「等妳回國，如果還沒有男朋友，而我，我已經長大，比現在更成熟，妳會不會考慮讓我當妳的男朋友？」

我沒轍地笑了，只得在他萬分期待的眼神下點點頭，「到那時候，我會考慮的。」

「除了有點跛腳，我會變很帥喔，比我哥當年還要帥氣個一百八十倍，到時候紫萸妳一定會一眼就愛上我的，我敢保證！」

30

像是輪流道別般的，輪著輪著，總會來到最後一個。

等了又等，我開始想，或許，我等的那個人……

幾陣春雨過後，天氣熱得很快，我在收拾完最後一件行李後，走到宿舍樓下，望著耀眼的太陽，默默地，與台中這個城市告別。

阿栩學長說會開車來載我回集集，順便把所剩零零星星的行李都運送回家。我和喻琦說好，把鑰匙留在客廳桌上，她會幫我退給房東。

於是，沒有任何留下來的藉口，阿栩學長準時出現，而我，慢吞吞地上車。

「都收拾完了？」

「嗯。」點頭。

繫上安全帶，車緩緩開動，我不時回望，或許，我等的那個人他……

不會出現了嗎？

「怎麼了嗎？東西忘了帶？」注意到我的奇怪舉止，阿栩學長問。

「沒有。」

半晌，他懂了我的靜默，問我，「我們可以出發了嗎？」

低頭，我不再開口。

他，不會出現了吧。

阿栩學長經過我的同意，再次駛動，當他駛離巷子口，我從後照鏡匆匆瞥見那個熟悉身影，正朝我們的方向追來。

「浩聲！」我喊了出來。同時，阿栩學長緊急煞車。

我拔掉了緊緊繫著的安全帶，迅速地下了車。他看起來也喘吁吁的，跑了一段路的樣子，好狼狽。

「浩聲，你……」

「我來、來……」

原來，我們都一樣，關於離別的字眼，我們都說不出口。

後來，阿栩學長刻意配合地說突然想起自己有急事，交代了晚一點會再繞過來接我回家，就這樣留下了浩聲與我。

我們兩個散步般地隨意走走，走著走著，來到小公園。上次來到這裡時，我們還沒有在一起，而這次，卻是要說再見了。

坐上鞦韆，我們兩個一來一回地沉默著搖擺，只是，誰都無心玩耍，或是比賽誰能盪得比較高。

你，怎麼會來……

我想問，但問不出口。

「什麼時候？」最後，是他先開口的。「什麼時候要走？」

「下星期二。」

「這樣啊……」

接下來，就是無盡的沉默。

「浩聲？」我望向他的臉龐，像是從來沒有好好端詳過他一樣。

然而，那樣的眉宇和那樣的唇線早就深深刻印在我的腦海，時時刻刻。

我忘不了第一次見面他幫我打氣的樣子，忘不了他在山上找我的時候，忘不了他允諾著說會給我幸福的那表情……

我忘不了，於是，只能牢牢記住。

「嗯？」

「喻琦墮胎過，傷了身體，這是眞的嗎？」

我的問題換來他的沉默，是默認。

「所以你必須一直在她身邊贖罪，無論她後來跟什麼人在一起，你都能默許？」

仍舊，一陣靜默。

「那爲什麼你還要來招惹我？害我……害我那麼喜歡你。」

面對我失控般地無理取鬧，他都無動於衷地選擇安靜。

「如果，如果你說不要走，我就會留下來。」

他不說話，所以一切的一切就都像是我的自言自語般，單調，而且悲傷。

「你，眞的不留我嗎？」

他還是安靜。

「那，我走了喔，是去美國喔，是在波士頓那裡念書，要好多年好多年喔。」

站起身，我卻怎麼都沒辦法賭氣地踏出步伐離開。心中拚命祈禱著，留住我吧，浩聲，我求你，把我留在你身邊吧。

他不忍，一把拉住了我的手腕，悲哀的語調像要我饒了他一樣。

「紫萸，對不起，喻琦不能沒有我，當年我哥已經丟下了她一個人在這裡，所以……」

浩聲沉痛道出他的決定，「妳身邊有阿栩學長，我很放心，妳會過得很好的。」

他說會很放心啊……

「我知道了。」

於是，這次，沒有哀求，沒有哭鬧，我安靜點頭。

終究該畫下句點了，對吧，浩聲？

再見。

直到最後，我卻還是道不出口。

※

多年後。

再次回到台灣，是因爲收到通知要參加小良的婚禮。

當然，那都是好多年後的事了。在那之前，在我來到波士頓的第一個年頭，適應得並不好。儘管，這些日子被安排寄住在阿栩學長的阿姨家，被當作女兒般地悉心照顧，可還是……

那個時候，總以爲換個環境，到了陌生國度，便沒有理由再想起過往，卻不知道，原來，思念，已經如影隨形。

那個小心翼翼不被提起名字的人啊，我卻還將他藏在心底。

阿栩學長對我很好，甚至在第一年的耶誕節，千方百計聯絡到遠在加拿大的君簡，約好一起度過節慶。

平安夜前夕，家家戶戶不約而同地掛起紅紅綠綠的霓虹燈網，在大雪紛飛的夜裡閃爍發亮，憑添許多溫馨氣氛。

白天時，阿栩學長跟著姨丈和表哥，合力將生長茂密的巨大耶誕樹立在客廳顯眼的位子，阿姨則開心拉著我，要我一同裝飾樹上的星星、雪人以及繫了紅綠格紋的鈴鐺。

「呵，我們家孩子長大後，就很少這樣裝飾耶誕樹了呢，眞好，今年有可愛的紫萸陪我一起好好打扮這棵樹，眞好！」

我對阿姨微微笑，當手下接過亮晶晶的圓球吊飾，直透心窩的溫暖仍悄悄發燙。這家人和阿栩學長一樣，他們，都對我好好喔。

「啊，對了，我要烤餡餅，還要去買蜜火腿，紫萸妳不是有朋友從加拿大來，要來家裡玩嗎？好久沒有這麼熱鬧了呢！」

阿姨說著說著，自顧自地忙了起來，我跟在後頭，「阿姨，我來幫妳！」

「紫萸眞貼心，難怪我們阿栩這麼……」

阿姨話沒說完，掩嘴笑咪咪地望著阿栩學長。我隨之抬眼，不期然地，與他心有所感看向這邊的目光撞在一起。

是我先移開視線的。

然而，那樣飽含情感的眼睛，卻是我怎麼樣也無法視而不見的。

阿姨興味打量，一切盡在不言中，安靜片刻，才又再度高分貝地嚷嚷，「我要先去忙囉！對了，還要去採購紅酒呢！」

就這樣，在阿姨忙進忙出廚房的隔天，平安夜當晚，君簡與她傳說中的那位外國男朋友一起準時出現在阿姨家。

我看見好久不見的君簡，還來不及表達內心多麼洶湧的感動，她已經上前，給我一個大大的擁抱。

「眞的好久不見了，紫莢！」

擦擦激動的眼淚，我們兩個久違的朋友被熱情的阿姨拉著進家門，姨丈和阿栩學長則忙著招呼君簡那位外國男朋友。

「打家好，窩係亦恩。」

那樣怪聲怪調的法式中文讓大家忍不住開懷暢笑，一下子，跨越了國籍與語言不通的陌生隔閡，這瞬間，心與心的距離，如此貼近。

君簡與亦恩預定在這裡住個幾天，本來打算趁這幾天到好好參觀波士頓的幾個知名景點，卻因爲天氣不佳，只好取消了。

早晨，望著玻璃窗凝結的白色霧氣，阿姨失望地說，原本已經計畫好要帶我們兩個女孩去逛市中心區的購物街了呢，姨丈則惋惜不能好好爲我們導覽這座迷人的城市，像是波士頓最早開發的地區之一碧肯丘、有小義大利區之稱的北角、波士頓灣旁的海濱區，以及，充滿文化氣息的後灣區……

「誰管那些景點啊，我們家沒有女兒，從來都沒人陪我這個媽咪逛街，好不容易來了兩個漂亮女孩跟我作伴，天公又不作美！」

阿姨不能接受地嚷嚷，最後，還是我和君簡一左一右地好聲安慰著，才平撫心情。

「既然不能出遠門，那，我們來打雪仗吧？」最後，是阿栩學長靈機一動的提議，反正院子的雪積得深，還可以來堆個雪人呢！

只好如此，大家套上厚重外套，戴好毛帽與手套在前院集合，一開始的分組，在雪仗開打之後便不分敵我地亂打起來。

生長在台灣從沒機會玩雪的我，雙手捧著白白細細的冰雪，頓時滿心驚喜。阿栩學長在我面前，好像正在躲避表哥的攻打，我一時興起，隨手裹了小雪球，瞄準，投向學長，好一個偷襲！

「是妳偷襲我的啊？」學長回頭，露出了愕然的俏皮表情，向來沉穩的他，很少有這樣孩子氣的樣子，我痞痞地朝他笑一下，他便沒轍了！

「喔，被我發現了！」這時，亦恩察覺了阿栩學長和我的身影，和表哥兩個聯合起來攻打我們。

「快逃！」

阿栩學長反應快，他大手一撈，護著我要跑，我卻重心不穩地絆了一下，頓時，兩個人重重摔在雪地上。

「啊！」原來，跌在這白白的雪堆裡，這麼舒服啊！

我們兩個還喘著氣，天空還不斷落下細碎的雪花，飄在我們發燙的臉上。阿栩學長撐起上半身來看我，距離好近，他俊俏的眉宇還沾著冰滴。我伸手要幫他撥開，只是，那雙深不見底的眸子淨瞅著我，頓時，我的心跳猛然加速，撲通撲通的，身體幾乎無法負荷過來。

「怎麼啦？有沒有受傷？」

一下子，大家都圍了過來，阿栩學長已經自己從雪地上爬起來了，旁邊的亦恩紳士地將我扶起，拍拍身上的雪。阿姨姨丈則檢視著我的手腳，看有沒有哪裡摔傷了。

「我沒事！」我急忙表明自己很好，只是，驟亂的心跳卻還要好久才能撫平。

再回首，阿栩學長已經斂起方才情感那麼強烈的眼神，來到我身邊，「還好吧？」太自然了，他伸手，想要攙我到旁邊休息，我卻不知怎地，下意識地迴避掉了。

「我可以自己走。」不讓他難堪，我回頭，給了他一枚倔強的笑容。

對不起，阿栩學長。

我還沒準備好……

君簡正巧走來，我沒有再多瞧阿栩學長一眼，拉著君簡，先棄玩雪仗進屋去了。

「嘿，那個阿栩學長好像很喜歡妳呢。」

之後，換下滿身是雪的外套，君簡在房間裡悄悄對我說，只是……

只是，我還沒準備好，接受那樣貼近的距離。

搖搖頭，我安靜，沒有表示意見。好幾次，就是這麼迴避阿栩學長真摯多情的眼神。

我不是不知道阿栩學長的心意，只是，只是我還……

君簡見我不語，看懂了我的心思，最後，只能輕輕嘆息。「都過了這麼久了呀。」

是啊，都過了這麼久，可或許，還不夠久呢？

我知道，我死心眼。

然而，就在我們留在波士頓的第五個年頭，阿栩學長已經拿到學位，順利在當地找到不錯的工作。而我即將畢業的前夕，還飄著雪的早春午後，他對我說了，「我們，回台灣吧。」

「嗯？」

我一直覺得，應該會繼續待在波士頓的。直到手上推著回台灣的行李時，都還很難反應過來地怔怔然。

「小良要結婚囉，他寫了mail，要當年狠心私奔的我們兩個一定得出席！」

我笑了，那樣的交代，真的是很有小良風格的邀約。

於是，如此這般，順應著新郎大人的要求，我們，在離開台灣的很久很久之後，真的回來了。

※

婚禮辦在五月初，台灣的這個時間，氣候相當宜人。

這天，晴空乾淨爽朗的，天氣很好。

昂首，仰望久違的這片天空，忽然，沒有來由的幾許懷念。阿栩學長很紳士風範地彎起了臂膀，而，我挽著他的手，像是還在波士頓每次參加聚會那樣，但，這次不一樣了。

「緊張嗎？」

我不知道他意指什麼，淡淡笑了搖頭，起步，走入會場。

「是阿栩學長耶，好久不見！」

「哇，當年的紫萸小護士變美了耶！」

果然，會場充斥著許多熟悉的身影面孔，好像一下子回到了當年。那一年，因爲幫忙擔任了幹部訓練的小老師，認識了好多人。

阿栩學長忙著與舊識寒暄，聊聊在波士頓的工作與生活，甚至，有人打聽起我們兩個之間到底是不是情侶關係。我則一個人在一旁，並不想參與地隨意走走看看。登時，一個熟悉身影吸引我漫遊的目光。

那是喻琦。

我看見她親暱挽著浩聲的手，當她笑著伸手和大家打招呼時，纖長的無名指，套著象徵幸福婚約的指環，在微風和煦的春日下熠熠閃爍，那是多少少女情懷期盼的夢，卻也是我曾經對於幸福的期盼……

說好了，要幸福地手牽著手，永遠都不放開喔！

某個夜晚，男孩溫暖包覆我發冷的雙手，那樣眞摯的表情，至今我都還能深刻記得。而輕易許下諾言的那個人，或許他早就遺忘了我，於是，刻意不看他，擦肩而過……

心上莫名地隱隱作痛，有股無以名狀的悲傷冉冉而上，儘管阿栩學長一直在我身邊。

一直以爲，多年後，當時道不出離別就分開的無奈，與那個年紀的傷狂，會被時間沖刷，變得淡然。但是在這秒的驗證，卻失算了。都過了這麼久了啊，不是嗎？

或許，還不夠久呢……

在這樣浪漫氣氛的戶外婚禮上，浩聲擔任伴郎，喻琦擔任伴娘，兩人看起來非常相配，看起來，眞的很登對呢。

「這就是當年的負心女啦！」

敬酒的時候，小良逢人就大聲嚷嚷著當年的事，因爲如此，浩聲在熙攘人群裡，望見了我。

起初我沒有注意到，對於小良的玩笑話，只是淡淡一笑應對，小良的老婆則羞怯地對著我說：「還好妳沒有和他在一起，不然現在我就沒人要了呢！」

「看吧看吧，我老婆就是這麼愛我！」

小良頗不要臉的說詞，讓大家都忍不住作嘔。當他們前往下一處敬酒，安靜下來的空檔，我聽見有個聲音喊我名字。

「紫萸？」他，不確定地叫住了我。

我回頭，佇足，終於沒能閃躲。「你是？」

「不認識我了嗎？」

「騙你的！」

我燦然一笑，眼底有著欲落的悲傷。怎麼可能不認識呢，明明已經在心裡演練了一千一百遍的重逢場面，可是，怎麼都不一樣呢？

於是，我慎重地說：「好久不見，浩聲。」

眞的好久不見。

其實，並不是完全斷了聯絡，偶爾，也會聽阿栩學長提起他那些實驗室學弟在台灣的消息與近況，只是，我不主動問，他就不會多說，所以……

「這些年來，妳過得好嗎？阿栩學長對妳很好吧。」

「嗯，學長對我很好喔。」

我言不由衷地說著，儘管在心裡演練很多次了，卻還是……

「那個，恭喜你，」

我瞅著他，多年不見，蛻去稚氣，浩聲變得更加成熟好看，穿著筆挺西裝的他，穩重的樣子早就與當年不相同，現在的他，是我怎麼不及參與的他了。

想著想著，感傷得幾乎都要說不出話來，可我還是很努力地擠出笑容，假裝像是舊友重逢那般關懷，「和喻琦，要結婚了嗎？」

「我？結婚？」

「我看到喻琦手上的戒指了，是所有女生都夢想的那種……」

「原來妳在這啊！」

還沒有說完，有人匆匆帶走我，說新娘要丟捧花了。女孩們一擁而上，屏息，爲了得到誰都想要的幸福象徵，然後，一道耀眼的拋物線畫過，花束掉落在喻琦手裡。

她笑得好美。

而，再見，這次，我也來不及說。

但或許不急。

下次見面，會是你和她的婚禮了。

對吧，浩聲？

※

「紫萸！」

婚禮隔天，回到集集，還沒回到家，倒是先巧遇了邵平。

這些年不見，邵平又長大了許多，像個大人了。他成熟地對我說著，要帶我去看他打算開咖啡廳的地方。

他說著，在我離開的這段時間，浩聲常常過來，他們有相同的興趣，在浩聲的鼓勵下，他成爲了浩聲的學弟，現在在念研究所，兩個人還在附近找了塊空地，打算等他畢業後，要合力開一間小型咖啡店。

「別小看這裡，」

邵平還在耳邊唸著，而我，已經被眼前繁盛的瑪格麗特給怔住了。

「妳看，這一叢叢的瑪格麗特都是浩聲哥種的喔，他說，看到這個，就會想到某個女生。我偷問，是哪個女生，他說是他生命中很重要的一個人。

「他說，希望有一天，如果還能夠有緣重逢的話，希望那個女生可以來到這裡，看見這些瑪格麗特。即使不能再在一起了，他也好想再看一次，看那個女生因爲見到喜歡的花朵充滿驚喜的臉，他說，只要這樣，他就會跟著覺得幸福，感到滿足了……」

「瑪格麗特好可愛喔。」

「但我覺得妳比較可愛。」

頓時，刻意埋藏的舊時回憶，這瞬間，全都自心底最深處，像被開啓了鎖匙般，再度翻湧而上。

「未來的白衣天使！」

「這世界還有很多人等著被妳拯救呢！」

這刻，我無以抑制的悲傷與累積了許許多多年的思念，終於化作潸潸然的眼淚，再也不需要故作堅強的心上，頓時覺得好溫暖，好溫暖啊……

「別怕，我在這裡，在這裡陪妳。」

一直都不知道，原來，我是浩聲生命中很重要的那個人……

「別哭，眼淚是很珍貴的。」

「妳……」邵平被我哭泣的樣子嚇得不知所措，「喂，幹麼哭啊？有那麼感動嗎？」

搖搖頭，我忍不住笑出來，又哭又笑的，好半晌，說不出話來。

邵平被我嚇傻了，以爲是剛剛的對話把我惹哭了，硬是扯了別的話題。

「啊，妳聽說了嗎？那個花蝴蝶劉喻琦要訂婚了耶！那女生其實也挺苦的，我後來才知道，當年，浩聲哥的哥哥竟然劈腿把花蝴蝶的肚子搞大，最後還是浩聲哥陪她去墮胎的。聽說她因為打擊過大，有一陣子精神狀況不是很好，所以把浩聲哥當做成他哥，將錯誤和悔恨全部發洩在浩聲哥身上。

「這浩聲哥也眞夠倒楣的，他眞的是全心全意在照顧她，也非常縱容那花蝴蝶不停地交男朋友，他根本就是幽靈男友嘛。

「還好，後來他在當兵的時候，花蝴蝶認識了現在的未婚夫，好像是個老實人，很愛她，把她當寶貝一樣的珍惜，並且不在意她過去交友複雜的感情生活。」

喻琦墮胎，並不是因為浩聲？

我聽得恍然，難道，當年喻琦說的欺騙就是這個？

「呼，反正，那花蝴蝶啊，終於有了好的歸宿，浩聲哥是由衷替她感到開心，紫萸妳啊，也要加油，別再老是惦記著我哥，有人能夠這麼深深記著他，已經夠了。」

點點頭，表示我已經知道了。

邵平還想繼續聊下去，我的心思卻早已飛得好遠。

我想見他。

我想見浩聲。

現在，就想見到他。

回到台中。

循著回憶，路過便利商店，習慣性地探頭望了望，當然，浩聲已經不可能在這邊了，但我還是……

還是不知怎地多瞥了一眼，也多騰了好些思念，在那街角的便利商店。

登時，一雙疑惑的眼睛緊緊盯住了我的。

不妙的感覺，我回頭。怎麼這麼多年了。還是老樣子呢？

我想，時間讓我們變得生疏了，怎麼辦？小哈，牠還會記得我嗎？應該不會吠我吧？

我正這麼想的同時，牠已經喚了一聲。

這一叫喚，牠身後立即跟來了兩個小哈，總共三個。

隨後，又一個小哈後來居上地猛撲而來，牠的主人要制止也來不及，「小哈，不行！」

我已經被撲倒在地了。

「小哈？」我掙扎著爬起來，愕然發現那個來不及出聲制止的狗主人，竟然是浩聲！

「紫萸？」看來，他也同樣訝異。

「這是小哈的老婆，哈密瓜。然後，這是他們的小孩，哈利波特、哈燒拼盤、哈——雷路亞。」

就這樣，好狼狽的重逢。

浩聲沒笑我方才摔得四腳朝天的窘境，或許，因爲身爲狗主人的關係，他顯得有點內疚，後來說要請客，買了兩瓶飲料，一起散步到以前離別的小公園。

「這些年來，過得好嗎？」

浩聲說著自己近況，畢業後搬出了租賃的小套房，也把小哈帶回家照顧，工作順利，和邵平變成好朋友，一起計畫經營咖啡廳，其實這些我都知道了，只是……

他的身邊，是不是已經有人陪了呢？

邵平那時候語帶玄機地說，等妳遇到了再問他不就好了，可我就是……

望住浩聲，我很沒用，就是問不出口。

「一切都好，只是啊……」他凝著我，眼睛熠熠閃閃的，欲言又止。

才要開口，牽在手上的哈密瓜夫婦和哈氏三兄弟已經蠢蠢欲動，終於，他解開了牠們頸項的套索，還差點被牠們奔放的反作用力絆倒。

「我有件難過的事，現在很需要被安慰。」

「什麼？」因爲一片混亂，我沒聽懂。

這下，浩聲頗懊惱的，「在我想像裡，應該會更浪漫一點的啊！」

「嗯？」

於是，他重新將目光落在我的身上，道出了充滿魔法的關鍵字，「什麼時候才能夠雲淡風輕地告訴妳，嘿，我一直喜歡著妳！」

我稍稍一怔，這說不出的熟悉感，彷彿看見了當年哭著不想分開，飽受煎熬的女孩在便利商店寫下那張告白卡片的景象。

至今，那個女孩，她回來了，就站在這男孩面前。

我抬眼望他，羈絆已久的眷戀終於在這刻，全然瓦解。

我，上前一步，盈盈笑了，「現在，就可以告訴我了啊！」

他低下頭，攬我入懷，在耳邊訴說著。

「我一直喜歡著妳，紫萸。」

【全文完】

國家圖書館出版品預行編目資料

天空很近的城市 / 貓咪詩人著. -- 初版. -- 臺北市；商周，城邦文化出版；家庭傳媒城邦分公司發行, 民 100.12
面；公分. --（網路小說；187）

ISBN 978-986-272-084-4（平裝）

857.7　　100024215

天空很近的城市

作　　者／貓咪詩人
企畫選書人／楊如玉、陳思帆
責任編輯／陳思帆

版　　權／翁靜如
行銷業務／朱書霈、蘇魯屏
總 編 輯／楊如玉
總 經 理／彭之琬
發 行 人／何飛鵬
法律顧問／台英國際商務法律事務所　羅明通律師
出　　版／商周出版
台北市中山區民生東路二段 141 號 9 樓
電話：(02) 2500-7008　傳眞：(02) 2500-7759
blog：http://bwp25007008.pixnet.net/blog
email：bwp.service@cite.com.tw
發　　行／英屬蓋曼群島商家庭傳媒股份有限公司城邦分公司
聯絡地址：台北市中山區民生東路二段 141 號 11 樓
書虫客服服務專線：(02) 25007718 · (02) 25007719
24小時傳眞服務：(02) 25001990 · (02) 25001991
服務時間：週一至週五09:30-12:00 · 13:30-17:00
郵撥帳號：19863813　戶名：書虫股份有限公司
讀者服務信箱 email：service@readingclub.com.tw
城邦讀書花園網址：www.cite.com.tw
香港發行所／城邦（香港）出版集團有限公司
地址：香港灣仔駱克道 193 號東超商業中心 1 樓
email：hkcite@biznetvigator.com
電話：(852)25086231　傳眞：(852) 25789337
馬新發行所／城邦（馬新）出版集團 Cité(M)Sdn. Bhd.(458372U)
11, Jalan 30D/146, Desa Tasik, Sungai Besi,
57000 Kuala Lumpur, Malaysia.
電話：(603)90563833　傳眞：(603) 90562833

版型設計／小題大作
封面繪圖／粉橘鮭魚
封面設計／山今伴頁
電腦排版／浩瀚電腦排版股份有限公司
印　　刷／高典印刷有限公司
總 經 銷／聯合發行股份有限公司
電話：(02)2917-8022　傳眞：(02)2915-6275

■ 2011 年（民 100）12月6日初版　　Printed in Taiwan

定價 / 180元

ISBN　978-986-272-084-4

商周出版

廣告回函
北區郵政管理登記證
台北廣字第000791號
郵資已付，免貼郵票

104台北市民生東路二段 141 號 2 樓

英屬蓋曼群島商家庭傳媒股份有限公司　城邦分公司

請沿虛線對摺，謝謝！

商周出版

書號: BX4187	**書名**: 天空很近的城市	**編碼**:

請於此處用膠水黏貼

商周出版

讀者回函卡

謝謝您購買我們出版的書籍！請費心填寫此回函卡，我們將不定期寄上城邦集團最新的出版訊息。

姓名：＿＿＿＿＿＿＿＿＿＿ 性別：□男 □女

生日：西元＿＿＿＿年＿＿＿＿月＿＿＿＿日

地址：＿＿＿＿＿＿＿＿＿＿

聯絡電話：＿＿＿＿＿＿＿＿ 傳真：＿＿＿＿＿＿＿＿

E-mail：＿＿＿＿＿＿＿＿＿＿

學歷：□1.小學 □2.國中 □3.高中 □4.大專 □5.研究所以上

職業：□1.學生 □2.軍公教 □3.服務 □4.金融 □5.製造 □6.資訊

□7.傳播 □8.自由業 □9.農漁牧 □10.家管 □11.退休

□12.其他＿＿＿＿＿＿＿＿

您從何種方式得知本書消息？

□1.書店 □2.網路 □3.報紙 □4.雜誌 □5.廣播 □6.電視

□7.親友推薦 □8.其他＿＿＿＿＿＿＿＿

您通常以何種方式購書？

□1.書店 □2.網路 □3.傳真訂購 □4.郵局劃撥 □5.其他＿＿＿＿

您喜歡閱讀哪些類別的書籍？

□1.財經商業 □2.自然科學 □3.歷史 □4.法律 □5.文學

□6.休閒旅遊 □7.小說 □8.人物傳記 □9.生活、勵志 □10.其他

對我們的建議：＿＿＿＿＿＿＿＿＿＿

＿＿＿＿＿＿＿＿＿＿

＿＿＿＿＿＿＿＿＿＿

＿＿＿＿＿＿＿＿＿＿

＿＿＿＿＿＿＿＿＿＿

請於此處用膠水黏貼